渚くんをお兄ちゃんとは呼ばない

～やきもちと言えなくて～

夜野せせり・作
森乃なっぱ・絵

集英社みらい文庫

もくじ

鳴沢《なるさわ》千《ち》歌《か》
まんが好《ず》きの
地味女子《じみじょし》。パパの再婚《さいこん》で、
いきなりきょうだいが
できて…!?
高坂《こうさか》 渚《なぎさ》
千歌《ちか》のクラスメートで
学校《がっこう》1モテる。
サッカークラブに
所属《しょぞく》。

立花《たちばな》紗雪《さゆき》
転校《てんこう》してきた
渚《なぎさ》の幼《おさな》なじみ。
美少女《びしょうじょ》。

藤宮《ふじみや》せりな
千歌《ちか》のクラスメート。
渚《なぎさ》のことが好《す》き。

メグ
千歌《ちか》の親友《しんゆう》。
まんが・イラスト
クラブ所属《しょぞく》。

鳴沢《なるさわ》 学《まなぶ》
千歌《ちか》のパパ。メタボな
体型《たいけい》だけどやさしい。

高坂悠斗《こうさかゆうと》
渚《なぎさ》の兄《あに》の中学《ちゅうがく》１年生《ねんせい》。
王子様《おうじさま》のような
ルックス。

高坂《こうさか》みちる
渚《なぎさ》と悠斗《ゆうと》の母《はは》。
歯科医院《しかいいん》で働《はたら》いている。

あたし、鳴《なる》沢《さわ》千《ち》歌《か》。
小学《しょうがく》5年《ねん》生《せい》。
パパの再婚《さいこん》で、
きょうだいができることに。

だけどその男《おとこ》の子《こ》は……

学校《がっこう》1の
モテ男子《だんし》
渚《なぎさ》くん！
（しかもクラスメート）

えらそうな態度《たいど》の渚《なぎさ》くん。

だけどイジワルだったり、
やさしかったりする
渚《なぎさ》くんのことを

好《す》きになって
しまったの！

モテる渚《なぎさ》くんと
いっしょに
暮《く》らすことは
絶《ぜっ》対《たい》にヒミツ…。
>_<

ある日《ひ》、
渚《なぎさ》くんの
幼《おさな》なじみだという
美《び》少《しょう》女《じょ》・「さゆ」が
転《てん》校《こう》してきて…!?

つづきは小説《しょうせつ》をよんでね!

1. せつない片思《かたおも》い。

ふあー、しあわせ。

お風呂《ふろ》あがり。あたしは、こたつにもぐりこんで、ぬくぬくとあたたまっている。

寝《ね》ころがって、こたつぶとんを肩《かた》まで引《ひ》きあげた。

もう、でられない……。

もうすぐ12月《がつ》。最近《さいきん》、きゅうに冷《ひ》えこむようになって、我《わ》が家《や》もリビングにこたつをだしたのだ。以来《いらい》あたしは、こたつのとりこ。

あたたかくて、気持《きも》ちよくて、本格的《ほんかくてき》に眠《ねむ》くなってきたよ……。

目《め》をとじて、うとうと、うとうと。

と、いきなり、こたつぶとんがめくられた。

「なーんだ。タヌキかと思《おも》ったら千歌《ちか》じゃん」

「ひゃっ！　渚《なぎさ》くん！」

びっくりして、ぱちんと目《め》をあけた。

頭《あたま》からタオルをかぶった渚《なぎさ》くんが、あたしの顔《かお》をのぞきこんでいる。

「タ、タヌキって、なに?」

「タヌキじゃん、どう見《み》ても」

渚《なぎさ》くんは、あたしのもこもこパジャマの、フードについた耳《みみ》をひっぱった。あたたかいから、かぶったまま寝《ね》ていたんだ。

「ってか、ゆるキャラって感《かん》じ」

にいーっと、意地悪《いじわる》く笑《わら》ってる。

あたしの冬用《ふゆよう》パジャマは、うす茶色《ちゃいろ》い、もふもふのフリースの上下《じょうげ》セット。フードには丸《まる》い耳《みみ》がついていて、かぶると、くまのぬいぐるみみたいになる。

渚《なぎさ》くんのママのみちるさんが、ひとめぼれして衝動買《しょうどうが》いしてきちゃったんだ。

テディベアみたいでかわいいと思《おも》うんだけど。ゆるキャラのタヌキって……。

あたしは、寝《ね》そべったまま、むっとほおをふくらませた。

もう一度《いちど》、こたつぶとんを引《ひ》きあげる。

渚《なぎさ》くんはこたつに入《はい》って、カップのバニラアイスを食《た》べはじめた。

あたしが寝《ね》ている場所《ばしょ》から、角《かど》をはさんでななめの位置《いち》にいる。

渚《なぎさ》くんのほうへ寝《ね》がえりをうって、こっそりとみつめた。

「こたつで食《く》うアイスって、なんでこんなにうまいんだろう」

渚《なぎさ》くんがつぶやく。

お風呂《ふろ》からあがったばかりで、渚《なぎさ》くんのほおは、ほんのり赤《あか》くそまっている。

きりっとした眉《まゆ》に、意志《いし》の強《つよ》そうな、大《おお》きな瞳《ひとみ》。アイドル顔負《かおま》けの、すごく整《ととの》った顔《かお》だと思《おも》う。

くやしいけれど、かっこいいな。

胸《むね》がどきどきして、そして……。きゅうっと、苦《くる》しくなっちゃう。

渚《なぎさ》くんは、同《おな》じクラスのきらきら男子《だんし》。運動神経《うんどうしんけい》ばつぐんで、サッカーのクラブチームに入《はい》って、活躍《かつやく》している。

教室《きょうしつ》でも、渚《なぎさ》くんのいる場所《ばしょ》にだけ光《ひかり》があたっているみたいに、まぶしくかがやいている。

とうぜん、女子《じょし》にも、モテモテ。

いっぽうあたしは、渚《なぎさ》くんとは正反対《せいはんたい》の地味女子《じみじょし》。

教室《きょうしつ》のすみっこ、日《ひ》のあたらない場所《ばしょ》で、ひっそり過《す》ごしている。

勉強《べんきょう》はそこそこ、運動《うんどう》はまるでダメ。おしゃれでもなく、かわいくもなく、とりえといえば、

バニラア

まんがを描《か》くことぐらい。

そんなあたしと渚《なぎさ》くんが、どうして、お風呂《ふろ》あがりに、こうして同《おな》じこたつに入《はい》っているのかというと……。

あたしのパパと、渚《なぎさ》くんのママのみちるさんが再婚《さいこん》して、きょうだいになってしまったから。

でも、そのことは、クラスのみんなには内緒《ないしょ》にしている。

だって、モテ男子《だんし》の渚《なぎさ》くんと、地味《じみ》なあたしが同居《どうきょ》してるだなんて。ばれたらきっと、いじわるされちゃうもん。

「あー。おれも、眠《ねむ》くなってきた」

渚《なぎさ》くんは、ふあーっと、大《おお》きなあくびをした。

そして、ころんと横《よこ》になった。

えっ！　寝《ね》ちゃうのっ？

すぐとなりにいるわけじゃないとはいえ、じゅうぶん近《ちか》いよ。

しかも、足《あし》が当《あ》たってる……。

どきどきしすぎて、心臓《しんぞう》がどうにかなってしまいそう！

ぎゅっと、目《め》をとじた。こんなにときめいていること、渚《なぎさ》くんに知《し》られるわけにはいかないよ。

渚《なぎさ》くんのことを好《す》きになってしまった、だなんて。

「こらーっ！　ふたりとも、こたつで寝《ね》ない！　風邪《かぜ》ひくでしょ！」

いきなり、どなり声《ごえ》が飛《と》んできた。みちるさんだ。

ふたりして、がばっと飛《と》び起《お》きる。

「さっさと歯《は》みがきして、自分《じぶん》の部屋《へや》で寝《ね》なさい！　土曜日《どようび》だからって夜《よ》ふかしはダメよ！」

腰《こし》に手《て》を当《あ》てて怒《おこ》っているみちるさん。でも、顔《かお》にパックをしているから、いまいち迫力《はくりょく》がない。

「そんな妖怪《ようかい》みたいな顔《かお》して言《い》われても」

渚《なぎさ》くんがぼそっとつぶやく。

「渚《なぎさ》ーっ！」

渚《なぎさ》くんは、ぺろっと舌《した》をだすと、こたつからでて、すたこらと逃《に》げた。

あたしも、歯《は》みがきをすませて、2階《かい》の自分《じぶん》の部屋《へや》へいった。

寝《ね》る前《まえ》に、描《か》きかけのまんがを見《み》かえそうかと、ノートをしまっている引《ひ》きだしをあけようとしたら。

がちゃりと、ドアが開《ひら》く音《おと》。

「もうっ！　ノックしてって言《い》ってるじゃん！」

ふりかえると同時《どうじ》に、あたしはさけんだ。ぜったいに渚《なぎさ》くんだ。

「千歌《ちか》ー。まんが貸《か》してー」

やっぱり。渚《なぎさ》くん、いっつも、いきなりあたしの部屋《へや》に入《はい》ってくるんだよね。

あたしだって、いちおう女《おんな》の子《こ》なのに……。

そんなあたしのフクザツな思《おも》いをよそに、渚《なぎさ》くんは、本棚《ほんだな》にならんだまんがを引《ひ》きぬいて、ぱらぱらとめくっている。

あたしはまんがが大好《だいす》き。自分《じぶん》で描《か》くのは少女《しょうじょ》まんがだけど、読《よ》むのはジャンル問《と》わず。

アニメ化《か》された、大人気《だいにんき》の少年《しょうねん》まんがも、全巻《ぜんかん》そろっている。

「夜《よ》ふかしはダメって、注意《ちゅうい》されたばっかじゃん」

「同《おな》じ部屋《へや》で兄《にい》ちゃんが勉強《べんきょう》してっから、明《あか》るくて眠《ねむ》れねーんだよ」

渚《なぎさ》くんはため息《いき》をついた。

「テスト前《まえ》の兄《にい》ちゃん、機嫌《きげん》悪《わる》くてカリカリしてっから。おれも気《き》ィつかうわけよ」

渚《なぎさ》くんのお兄《にい》ちゃんの悠斗《ゆうと》くんは、あたしたちよりふたつ年上《としうえ》の、中学《ちゅうがく》1年生《ねんせい》。

ふちなしのメガネをかけてて、いつもやわらかい笑《え》みを絶《た》やさない。頭《あたま》もいいし、料理《りょうり》も上手《じょうず》だし、かっこよくて、とにかく完璧《かんぺき》な王子様《おうじさま》って感《かん》じなんだ。

一生懸命勉強《いっしょうけんめいべんきょう》してるのも、お医者《いしゃ》さんになるという夢《ゆめ》のため。

「機嫌《きげん》が悪《わる》い悠斗《ゆうと》くんなんて、想像《そうぞう》できないよ」

だって、あたしには、すっごく、すっごく、やさしいんだもん。

渚《なぎさ》くんはふふんと笑《わら》った。

「わかってねーな。兄《にい》ちゃん、まだまだ千歌《ちか》たちの前《まえ》では猫《ねこ》かぶってるからな。おれにはめっちゃ口《くち》うるさいんだぜ？」

「そうなの？　でも、それって、渚《なぎさ》くんには心《こころ》を許《ゆる》してるってことだよね？　あたしはひとりっ子《こ》だから、そういうの、ちょっとあこがれるなあ」

きょうだいゲンカしても、なんだかんだで仲《なか》がいい、みたいな感《かん》じ。

渚《なぎさ》くんは、めくっていたまんがを、ぱたんととじた。

「心《こころ》を許《ゆる》すとか、そんなんじゃねーし。おまえ、夢見《ゆめみ》すぎ。それに」

あたしのおでこを、ぴんっ、と、人差《ひとさ》し指《ゆび》ではじく。

「おまえだって、もう、おれたちの妹《いもうと》だろ。いちばんしたっぱなんだからな。忘《わす》れんなよ」

「し、したっぱって……！　そんな言《い》いかた……！」

「っつーことで。借《か》りてくから、これ」

むきになるあたしをよそに、渚《なぎさ》くんは、すずしい顔《かお》してまんがを掲《かか》げた。

「千歌《ちか》も、だーい好《す》きなパンダといっしょに、早《はや》く寝《ね》ろよ？」

ベッドにちょこんとおいた、あたしの好《す》きなキャラ、「まゆげパンダ」のぬいぐるみを見《み》やって、にっと笑《わら》う。

「タヌキとパンダがいっしょに寝《ね》るとか、マジでウケる」

「タ、タヌキじゃないし！　どう見《み》てもくまでしょ、これ！」

フードの耳《みみ》を自分《じぶん》でつまんでみせたけど、渚《なぎさ》くんは、まるっと無視《むし》。

「まさか、タヌキがおれの妹《いもうと》になるとはなー」

からから笑《わら》うと、部屋《へや》からでていった。

渚《なぎさ》くんは、あたしのこと、いつも、パンダだのタヌキだの言《い》って、好《す》き放題《ほうだい》からかってくる。

でもね。いちばん、ちくっと刺《さ》さるのは。

「妹《いもうと》」っていう、ひとこと、なんだ……。

あたしは渚《なぎさ》くんにとって、妹《いもうと》でしかないんだなって、思《おも》い知《し》らされちゃうから。

ため息《いき》をついて、ベッドにぽふっとたおれこんだ。

まゆげパンダのぬいぐるみを、手《て》に取《と》る。

「あたしも、なかなかせつない立場《たちば》なワケです。わかる？」

行《い》き場《ば》のない思《おも》いを、つぶやいてみた。

当然《とうぜん》だけど、困《こま》りまゆの、ちょっとまぬけな顔《かお》したあたしのパンダは、なんにも言《い》わない。

「せつないけどさ。それでも、好《す》きなワケです」

がんばって思《おも》い続《つづ》けてたら、もしかしたら。もしかしたらもしかしたら。

一発逆転《いっぱつぎゃくてん》、あたしが渚《なぎさ》くんと両想《りょうおも》いになる！

「なーんて未来《みらい》が、こないかなー。なんちゃって」

あはっと、明《あか》るく笑《わら》ってみた。けど。

しーん……。

静《しず》かすぎる。む、むなしい。

おねがいパンダちゃん。なにか言《い》って……！

2. なぞの美少女《びしょうじょ》

翌日《よくじつ》、日曜日《にちようび》。

あたしは、スケッチブックを手《て》に、家《いえ》をでた。

いい天気《てんき》。空気《くうき》はつめたいけど、お日様《ひさま》がでているから、そんなに寒《さむ》くない。

渚《なぎさ》くんも、お昼《ひる》ごはんを食《た》べ終《お》わると、すぐにサッカーボールを持《も》ってでかけていった。

ほんとに、サッカーが好《す》きなんだなあ。

あたしも、まんがをがんばろう。

いま描《か》いているのは、幼《おさな》なじみのじれったい恋物語《こいものがたり》。

ちょっと展開《てんかい》になやんで、手《て》が止《と》まってしまったところだった。

気分転換《きぶんてんかん》がてら、風景《ふうけい》や木《き》や建物《たてもの》をスケッチして、画力《がりょく》アップにはげもうかな？

住宅街《じゅうたくがい》をぬけて、川《かわ》までできた。

河川敷《かせんじき》におりて、スケッチブックをひろげる。

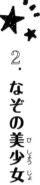

川面《かわも》に光《ひかり》が反射《はんしゃ》して、きらきら光《ひか》っているよ。

川《かわ》や草花《くさばな》をスケッチしたあと、つぎはなにを描《か》こうかなと、顔《かお》をあげてあたりを見《み》まわした。

「あれ？　……渚《なぎさ》くん？」

橋《はし》の近《ちか》くに、青《あお》いマフラーを巻《ま》いた男《おとこ》の子《こ》が見《み》えた。

遠目《とおめ》でもわかる。あれは、渚《なぎさ》くんだ。

土手《どて》をおりてこようとしている。そのうしろには……。

お、女《おんな》の子《こ》？

髪《かみ》が長《なが》いし、スカートはいてるし、女《おんな》の子《こ》だよね？

だれ？　クラスの子《こ》？

胸《むね》のなかが、ざわざわする。

もっと近《ちか》くによって、たしかめたい。

スケッチブックをとじて、おそるおそる、渚《なぎさ》くんたちのいるほうへと歩《ある》いていく。

「あっ」

思《おも》わず、声《こえ》がもれてしまった。

女《おんな》の子《こ》がよろけてころびそうになって、とっさに、渚《なぎさ》くんが女《おんな》の子《こ》の手《て》を取《と》って支《ささ》えたんだ。

うそ……。

足《あし》が、がくがくする。あの子《こ》は、だれ？

「あっ！　千歌《ちか》ー！」

渚《なぎさ》くんがあたしに気《き》づいて、大《おお》きく手《て》をふった。

もう、女《おんな》の子《こ》とは手《て》をはなしている。

ぼうぜんと立《た》ちすくむあたしのほうへ、渚《なぎさ》くんは駆《か》けよってくる。女《おんな》の子《こ》も追《お》いかけてくる。

女《おんな》の子《こ》の、長《なが》い黒髪《くろかみ》がゆれる。ひらひらしたスカートも、ゆれる。

「おまえ、なにやってんだよ」

「な、なにって……」

自分《じぶん》こそ。

遅《おく》れて追《お》いついてきた女《おんな》の子《こ》が、あたしに、ぺこんと頭《あたま》をさげた。

そして、ちょっとはにかんだように、にっこりと笑《わら》う。

うわあ……。間近《まぢか》で見《み》ると、この子《こ》、めちゃくちゃかわいい。

身長《しんちょう》は、あたしと同《おな》じぐらい。背中《せなか》まである、ストレートの長《なが》い黒髪《くろかみ》は、びっくりするほどさらさら。日《ひ》の光《ひかり》をあびて、天使《てんし》のわっかができてる。

前髪《まえがみ》は、ぱつんとまゆげの位置《いち》で切《き》りそろえられている。目《め》は、くりくりと大《おお》きい。肌《はだ》は透《す》き通《とお》るみたいに白《しろ》くて、そばかすも、にきびも、なーんにもない。真珠《しんじゅ》みたいに、内側《うちがわ》から光《ひか》ってるんじゃないかってぐらい、きれい。

走《はし》っていたからか、ほっぺがほんのり桃色《ももいろ》に色《いろ》づいていて……。

超絶美少女《ちょうぜつびしょうじょ》だよ。どこの学校《がっこう》の子《こ》？　少《すく》なくとも、うちの学校《がっこう》では見《み》かけたことがない。

あたしが言葉《ことば》をうしなっていると、渚《なぎさ》くんが女《おんな》の子《こ》に話《はな》しかけた。

「さゆ。こいつが、千歌《ちか》」

さ、さゆ？

この女《おんな》の子《こ》の名前《なまえ》？　っていうか、呼《よ》び捨《す》て？

「千歌《ちか》、こいつは、紗雪《さゆき》って言《い》って、おれの」

「あ。あのっ！」

それ以上聞《いじょうき》いていられなくて、あたしは渚《なぎさ》くんのせりふをさえぎった。

「よ、用事《ようじ》を思《おも》いだしたから、か、帰《かえ》るね！」

ひといきに言《い》い放《はな》つと、あたしはきびすをかえした。

河川敷《かせんじき》を、走《はし》る。

思《おも》いっきり、走《はし》る。

土手《どて》をのぼって、道路《どうろ》へでて。どきどきする胸《むね》をおさえて、しゃがみこんだ。

――こいつは、紗雪《さゆき》って言《い》って、おれの。

おれの、なに？

あたし。ぜんぶ聞《き》くのが、こわかった。

あの子《こ》は、渚《なぎさ》くんの、なに？


帰宅《きたく》してから。あたしは部屋《へや》にひきこもって、渚《なぎさ》くんと顔《かお》をあわせないようにした。

頭《あたま》のなかは、あの美少女《びしょうじょ》のことでいっぱい。

渚《なぎさ》くんって……。女《おんな》の子《こ》にもてるけど、渚《なぎさ》くん自身《じしん》は、恋愛《れんあい》とか、あんまりきょうみなさそうだなって、思《おも》ってた。

彼女《かのじょ》がほしいとか、考《かんが》えたこともないんだろうな、って。

だけど……。まさか、ちがう学校《がっこう》に彼女《かのじょ》がいたなんて。

そこまで考《かんが》えてから、あわててぶんぶんと首《くび》を横《よこ》にふった。

まだ、あの子《こ》が彼女《かのじょ》だって、決《き》まったわけじゃないもん。

と、どんどん、と、ドアがたたかれた。

「千歌《ちか》ー。ごはんー」

渚《なぎさ》くんだ。どうしよう。渚《なぎさ》くん、ぜったい、あの子《こ》の話《はなし》、するよね？

「いらない！　お、おなかいたいの！」

「マジか？　だいじょうぶかよ」

「落《お》ち着《つ》いたら、あとで食《た》べるから。みんなにはそう言《い》っておいて！」

わかった、と、渚《なぎさ》くんは答《こた》えた。

ごめんね。あたし、うそつきだ。


「おはよう、千歌《ちか》。どうしたの？　よどんだ顔《かお》しちゃって」

朝《あさ》の教室《きょうしつ》。

あたしの席《せき》に駆《か》けよってきたメグが、メガネの奥《おく》の目《め》をくもらせた。

「クマできてるよ、クマ」

「う、うそっ」

思《おも》わず、自分《じぶん》の顔《かお》を両手《りょうて》ではさむ。

「遅《おそ》くまでまんが描《か》いてたの？　それとも、なんか、悩《なや》み事《ごと》でもあるの？」

「う、うん。ちょっとね……」

ゆうべ、あんまり眠《ねむ》れなかったんだ。悪《わる》い想像《そうぞう》ばかりがふくらんでしまって。

「力《ちから》になれるかはわかんないけどさ。エンリョせずになんでも話《はな》しなよっ」

メグは、にっかり笑《わら》うと、あたしの背中《せなか》をばんばんたたいた。

「ありがとう」

あたしの親友《しんゆう》、メグ。教室《きょうしつ》でも、クラブ活動《かつどう》でも、いつもいっしょにいる。

相談《そうだん》……。できればいいけど、でも、事情《じじょう》がフクザツだからなあ。話《はな》せば長《なが》くなっちゃう。

それに。学校《がっこう》1のモテ男子《だんし》・渚《なぎさ》くんに恋《こい》をしている、だなんて。

うちあけるのは、はずかしいな……。

メグの好《す》きな人《ひと》の話《はなし》も、いままでまったく聞《き》いたことないし。

「ところでさ、千歌《ちか》。今日《きょう》ね、なんと、転校生《てんこうせい》がくるらしいよ」

メグはあたしの耳《みみ》に顔《かお》をよせて、こっそりとささやいた。

「みんな、そのうわさでもちきり。めずらしいよね、こんなハンパな時期《じき》に」

転校生《てんこうせい》……？

なんだか、胸騒《むなさわ》ぎがする。

始業《しぎょう》のチャイムが鳴《な》った。みんな、いっせいに席《せき》に着《つ》く。

がらりと、ドアが開《ひら》いた。

「おはよう、みんなー」

ほがらかにあいさつしながら、先生《せんせい》が入《はい》ってくる。

教室《きょうしつ》にいる、ほぼ全員《ぜんいん》が、ごくりとつばを飲《の》みこんだ。

先生《せんせい》のうしろにだれかいる。……きっと、うわさの転校生《てんこうせい》だ。

「出席《しゅっせき》を取《と》る前《まえ》に、新《あたら》しいクラスメイトを紹介《しょうかい》する」

先生《せんせい》はそう言《い》って、転校生《てんこうせい》に目《め》くばせした。

びっくりして、心臓《しんぞう》が止《と》まりそうになってしまう。

だって。だって、その子《こ》は。

転校生《てんこうせい》は、きんちょうしたおももちで、教卓《きょうたく》の前《まえ》にすすみでた。

「立花《たちばな》紗雪《さゆき》です。1年生《ねんせい》まで、この学校《がっこう》にいました。また、この街《まち》にもどってきたので、仲《なか》よくしてくれるとうれしいです。よろしくお願《ねが》いします」

ぺこんと、頭《あたま》をさげる。ふたたび顔《かお》をあげたひょうしに、長《なが》い髪《かみ》が、さらりとゆれた。

大《おお》きな目《め》に、透《す》き通《とお》るような白《しろ》い肌《はだ》。

きのう渚《なぎさ》くんといっしょにいた、あの美少女《びしょうじょ》だ！

みんな、しーんとしずまりかえっている。男子《だんし》たちは、みんな、ぽーっとみとれている。

立花紗雪《たちばなさゆき》さんは、少《すこ》し不安《ふあん》げに、教室《きょうしつ》を見《み》まわした。

そして、なにかを見《み》つけたのか、ほっとしたように顔《かお》をゆるませた。ほんのり、ほおがピンク色《いろ》にそまっている。

紗雪《さゆき》さんの視線《しせん》の先《さき》をたどると……。

渚《なぎさ》くんの席《せき》にぶつかった。

渚《なぎさ》くんは、片手《かたて》でほおづえをついて、笑《え》みをうかべている。

鼓動《こどう》が、とくとくとはやくなる。

これはいったい、どういうこと？

3．幼《おさな》なじみ、ってやつ。

1時間目《じかんめ》が終《お》わって、休《やす》み時間《じかん》になった。

みんな、紗雪《さゆき》さんのことを、遠巻《とおま》きに見《み》ている。

男子《だんし》たちは、みょうにもじもじしている。

そりゃ、そうだよね。芸能人顔負《げいのうじんかおま》けのかわいさだもん。どぎまぎするよね。

あたしは、クラス1のおさわがせ男子《だんし》、杉村聡史《すぎむらさとし》を見《み》やった。

杉村《すぎむら》のやつ、赤《あか》い顔《かお》して、紗雪《さゆき》さんのことをちらちら見《み》ている。こういうとき、まっさきに突《とつ》撃《げき》しそうなものなのに。

あたしに対《たい》しては、イヤなことを言《い》ったりからかったりしてくるくせに、美少女《びしょうじょ》には、どうやってからめばいいか、わかんないんだろうな。

いっぽう、女子《じょし》はというと……。

クラスのボス的存在《てきそんざい》・藤宮《ふじみや》せりなの出方《でかた》をうかがっているみたい。

せりなはいまのところ、なんのリアクションもしめしていない。

背面黒板《はいめんこくばん》のそばに、同《おな》じグループの女子《じょし》たちといっしょに立《た》っている。

紗雪《さゆき》さんにじっとりとした視線《しせん》を送《おく》っているだけで、話《はな》しかけるそぶりもない。

「藤宮《ふじみや》さん的《てき》にはさ、おもしろくないんじゃない？　2組《くみ》ナンバーワン美少女《びしょうじょ》の座《ざ》があやういわけじゃん」

メグがひそひそとささやく。

せりなだって、とびきりかわいいし、服《ふく》も小物《こもの》もガーリィで、おしゃれリーダーってかんじ。なにより気《き》が強《つよ》くって、まるで女王様《じょおうさま》。

渚《なぎさ》くんに片思《かたおも》いしていて、ぬけがけして告白《こくはく》した子《こ》は、ひどい目《め》にあわされるとか、なんとか。

あたしが渚《なぎさ》くんとの同居《どうきょ》をひたかくしにしているのも、せりながこわいから。

じっさい、もうすでに、あやしまれて目《め》のかたきにされつつあるんだ……。

「ふたりとも美人《びじん》だけど、ちょっと種類《しゅるい》がちがうよね。藤宮《ふじみや》さんがバラなら、立花紗雪《たちばなさゆき》さんは、清楚《せいそ》な白百合《しらゆり》ってかんじ」

そう言《い》うと、メグは、わかる！　と目《め》をかがやかせた。

「うまいこと言《い》うね、千歌《ちか》」

「それにひきかえ、どうせあたしは花《はな》も咲《さ》かない苔《こけ》だけどね……」

じめじめ、ひっそりした場所《ばしょ》がおにあいですよ。

「ダメだよ、自分《じぶん》のことそんなふうに言《い》っちゃ。苔《こけ》だってがんばって生《い》きてるんだし」

まって、メグ。そこは、「苔《こけ》なんかじゃないよ」って言《い》うとこじゃ？

紗雪《さゆき》さんに視線《しせん》をうつす。

ひとりで自分《じぶん》の席《せき》にすわっている紗雪《さゆき》さんの表情《ひょうじょう》は、かたくこわばっている。

ノートをとんとんとそろえてみたり、ペンポーチを無意味《むいみ》にあけしめしてみたり。

不安《ふあん》な気持《きも》ちを、押《お》しこめようとしているのかな。

そうだよね。転校《てんこう》してきたばかりだもん。きっと、だれかが話《はな》しかけてくれるのを待《ま》ってるんだ。

でも、この状況《じょうきょう》で、紗雪《さゆき》さんに話《はな》しかけるの、勇気《ゆうき》がいるな。すごく注目《ちゅうもく》を集《あつ》めるだろうし。

そう思《おも》って、ためらっていたら。

渚《なぎさ》くんが、ずんずんと歩《ある》いていって、紗雪《さゆき》さんの机《つくえ》に手《て》をおいた。

「さゆ。4年《ねん》ぶりだろ？　教室《きょうしつ》の場所《ばしょ》とか覚《おぼ》えてる？」

めちゃくちゃナチュラルに話《はな》しかけた！

しかも「さゆ」呼《よ》び。

「渚《なぎさ》くん」

紗雪《さゆき》さんが渚《なぎさ》くんを見《み》あげた。かぼそい、すがるような声《こえ》。守《まも》ってあげたくなるような……。

つくんと、胸《むね》が痛《いた》む。

「昼休《ひるやす》み、案内《あんない》しようか」

「ありがとう。たすかる。渚《なぎさ》くんが同《おな》じクラスで、よかった……」

紗雪《さゆき》さんのほおが桃色《ももいろ》にそまった。

転校《てんこう》してきたばかりだよ？　いくら、むかし、この学校《がっこう》に通《かよ》っていたからって。

会《あ》うの、相当《そうとう》ひさしぶりのはずだよね？　なんでそんなに仲《なか》がいいの？

「おいっ！　渚《なぎさ》っ！　ど、どういうことだよっ！」

さっそく、杉村《すぎむら》が大《おお》きな声《こえ》をあげた。

渚《なぎさ》くんは、平然《へいぜん》とした顔《かお》で、

「日曜日《にちようび》、偶然《ぐうぜん》、ばったり会《あ》ったんだよ。すぐわかった。さゆ、ぜんぜん変《か》わってねーから」

「は、はあっ？」

「覚《おぼ》えてねーの？　さゆのこと」

杉村《すぎむら》は、きょとんとしている。心当《こころあ》たりないって感《かん》じ。

あたしだってよく覚《おぼ》えてない。こんなかわいい子《こ》、いたっけ？

「おれはさ。さゆと、同《おな》じアパートで、となり同士《どうし》だったんだよ。保育園《ほいくえん》もいっしょだったし、親同士《おやどうし》も仲《なか》よかったし。しょっちゅういっしょに遊《あそ》んでたからさ」

たんたんと、渚《なぎさ》くんは説明《せつめい》した。

それって、つまり。

「いわゆる、幼《おさな》なじみ、ってやつ……？」

杉村《すぎむら》がつぶやく。渚《なぎさ》くんは、こくりとうなずいた。

「さゆ、おとなしかったからな。人見知《ひとみし》りもはげしくて、いっつもおれのうしろにかくれてた。だから、あんなに堂々《どうどう》と自己紹介《じこしょうかい》してて、びっくりした。成長《せいちょう》したんだなーって」

紗雪《さゆき》さんのほうを見《み》て、ふわっと笑《わら》う。

「そりゃあ、わたしだって。パパの転勤《てんきん》のたびに転校《てんこう》をくりかえしてきたから。自己紹介《じこしょうかい》ぐらい、こなせるようになるよ」

紗雪《さゆき》さんが、むっとほおをふくらませた。

ごめんごめんと、渚《なぎさ》くんは笑《わら》う。

渚《なぎさ》くんってば。紗雪《さゆき》さんのことは、なんでも知ってるって口《くち》ぶり。

紗雪《さゆき》さんも、すねてみせてはいるけれど、ちょっとうれしそうだし。

もやもやする。胸《むね》のなかがざわざわして、ふたりのこと、見《み》ていられない……。

と、つんつん、と、メグがあたしのひじをつついた。

「見《み》てよ、藤宮《ふじみや》さん。こっわあ……」

ささやかれて、おそるおそる、せりなを見《み》やると。

顔《かお》をひきつらせて、わなわなとふるえている……。

「嵐《あらし》の予感《よかん》……」

メグが、ぼそっと、つぶやいた。


休《やす》み時間《じかん》のたびに、渚《なぎさ》くんは紗雪《さゆき》さんを気《き》づかって、話《はな》しかけていた。

お昼休《ひるやす》みは、紗雪《さゆき》さんを連《つ》れだして、校内案内《こうないあんない》してあげてたみたいだし……。

男子《だんし》たちも、それにつられるように、少《すこ》しずつ紗雪《さゆき》さんに話《はな》しかけるようになった。

だけど女子《じょし》はちがう。かんぜんに、せりなグループを敵《てき》にまわしてしまった感《かん》じ。

「はあーっ……」

ため息《いき》しかでない。

6時間目《じかんめ》。楽《たの》しみにしていた、まんが・イラストクラブの時間《じかん》だけど。

まんがを描《か》きすすめる気力《きりょく》がわかないよ……。

「鳴沢《なるさわ》。新作《しんさく》はすすんでいるか？」

6年生《ねんせい》の原口先輩《はらぐちせんぱい》が、あたしの目《め》の前《まえ》に仁王立《におうだ》ちした。

あたしはだまって、首《くび》を横《よこ》にふる。

先輩《せんぱい》は、ふうっと息《いき》をつくと、茶色《ちゃいろ》がかったくせっ毛《け》を、ふわっとかきあげた。

「そのノートに、描《か》いてはいるんだろう？」

あたしが机《つくえ》に広《ひろ》げていたノートを、指差《ゆびさ》す。

「まだネームですけど」

ネームというのは、ざっくりとコマわりしてラフな絵《え》を描《か》きこんだ、まんがの設計図《せっけいず》のようなもの。

「いいから。見《み》せてみ？」

原口先輩《はらぐちせんぱい》はくすっと笑《わら》うと、ノートを手《て》に取《と》った。

先輩《せんぱい》は、小学生《しょうがくせい》プロまんが家《か》。あたしのまんがに、いろいろ意見《いけん》をくれる。

……だけじゃなくって。

じつは、告白《こくはく》されてしまった。こ、ことわったんだけどね！

クラスのみんなにも、先輩《せんぱい》とつきあってるって誤解《ごかい》されてさわがれた。しばらくしたらうわさもやんだけど、たいへんだったな……。

先輩《せんぱい》の長《なが》い指《ゆび》が、あたしのまんがノートをめくる。

「こんどは幼《おさな》なじみの恋愛《れんあい》ものか。ま、少女《しょうじょ》まんがの王道《おうどう》だな」

ぐっと、言葉《ことば》につまる。

幼《おさな》なじみの話《はなし》なんて、描《か》くんじゃなかった。

渚《なぎさ》くんと紗雪《さゆき》さんのすがたが、脳裏《のうり》にうかんでしまって。

胸《むね》が、くるしいよ……。

学校《がっこう》が終《お》わって、家《いえ》に帰《かえ》ってから。

自分《じぶん》の本棚《ほんだな》から、幼《おさな》なじみの恋愛《れんあい》を描《えが》いたまんがを数冊《すうさつ》ぬきとって、読《よ》んでみた。

よちよち歩《ある》きのころからいっしょにいて、だれよりもわかりあっていて、ごく自然《しぜん》ななりゆきで、恋人同士《こいびとどうし》になる。みたいな。

ずーんと、落《お》ちこんだ。

ベッドにどすんと身《み》を投《な》げて、まくらに顔《かお》をうずめる。

がちゃりとドアがあいた。

「千歌《ちか》。ちょっと、いいか？」

渚《なぎさ》くんの声《こえ》。

あたしは、まくらに突《つ》っ伏《ぷ》したまま。ノックしてよって、文句《もんく》を言《い》う気力《きりょく》もない。

「ゴロゴロしてばっかだな、おまえ」

「ほっといてよ」

渚《なぎさ》くんはベッドにしずかに腰《こし》かけた。

「その。……さゆの、ことなんだけどさ」

びくっと、肩《かた》がふるえた。

渚《なぎさ》くんが、あの子《こ》のことを「さゆ」って呼《よ》ぶのを聞《き》くと、胸《むね》にするどいトゲがささる。

「あいつさ、すげえ引《ひ》っこみじあんで、おとなしいんだよ。おれ以外《いがい》に、さゆのこと覚《おぼ》えてるやつ、いなかったろ？　教室《きょうしつ》ではぜんぜんしゃべんないやつだったんだ」

あたしの気持《きも》ちも知《し》らないで、渚《なぎさ》くんはあの子《こ》の話《はなし》をつづける。

「おれが面倒《めんどう》みてやりてーけど。おれ、男子《だんし》だしさ。あいつだって、女子《じょし》の友《とも》だちがほしいだろうし」

渚《なぎさ》くんがあんなにフレンドリーに話《はな》しかけたせいで、女子《じょし》の反感買《はんかんか》ってるんだけど。

そういうの、ぜんぜん気《き》づかないんだ。ほんとに、にぶいんだな。

「千歌《ちか》、さゆと友《とも》だちになってやってよ」

「な、なんであたし……？」

ゆっくりと身《み》を起《お》こして、ベッドにぺたりと座《すわ》った。

渚《なぎさ》くんは、かすかに笑《え》みをうかべた。

やわらかい笑顔《えがお》。あの子《こ》のことを、考《かんが》えているから……？

「なんで？　って。なんか、気《き》が合《あ》いそうな気《き》がするんだよ。さゆと千歌《ちか》」

そんなこと言《い》われても……。

「よろしくな？」

渚《なぎさ》くんは、あたしの肩《かた》を、ぽん、とたたいた。

4・あの子《こ》と、友《とも》だちに？

つぎの日《ひ》も、相変《あいか》わらず、紗雪《さゆき》さんに話《はな》しかける女子《じょし》はいない。
話《はな》しかけたら、自分《じぶん》までせりなを敵《てき》にまわしてしまうって思《おも》ってるんだろう。
朝《あさ》の教室《きょうしつ》のざわめきのなか。紗雪《さゆき》さんはひとり、青白《あおじろ》い顔《かお》をして、自分《じぶん》の席《せき》にいる。
きゅっと口《くち》を引《ひ》き結《むす》んで、まるで、なにかにたえているみたい。
あたしは、メグといっしょに、ずっとそのようすをみつめていた。
友《とも》だちになってやってよ、って、渚《なぎさ》くんの言葉《ことば》が耳《みみ》の奥《おく》によみがえる。
そりゃ、そうしたいよ。だって、あまりにもかわいそうだよ。
転校《てんこう》してきたばかりで心細《こころぼそ》いだろうに、女子《じょし》がなぜかみんな、自分《じぶん》に冷《つめ》たいなんて。
あたしだったら、たえられない。
……でも。あの子《こ》に声《こえ》をかけるのをためらってしまうのは、どうして？
あたしって……。こんなに、思《おも》いやりのない子《こ》だったの？

紗雪《さゆき》さんは、すうっと息《いき》をすうと、がたんと立《た》ちあがった。

教室《きょうしつ》のうしろのほうの席《せき》でおしゃべりしている女子《じょし》ふたり組《ぐみ》に、ずんずんと近《ちか》よっていく。

野村《のむら》さんと山崎《やまざき》さん。せりなといちばん仲《なか》のいい子《こ》たちだ。

「お、おはようっ！」

紗雪《さゆき》さんは、ぎゅっと目《め》をつぶって、声《こえ》をはりあげた。

野村《のむら》さんたちは、一瞬《いっしゅん》、びっくりして目《め》を丸《まる》くしたけど。

すぐに、紗雪《さゆき》さんから目《め》をそらした。そして、なにごともなかったかのように、ふたたび自分《じぶん》たちだけでおしゃべりをはじめた。

こんなに、あからさまに無視《むし》するなんて。

きっと、ありったけの勇気《ゆうき》をふりしぼって、自分《じぶん》から声《こえ》をかけたんだと思《おも》う。

なのに……、ひどいよ。

紗雪《さゆき》さんは、ぼうぜんとその場《ば》に立《た》ちすくんでいる。

その青《あお》ざめた顔《かお》を見《み》ていたら、胸《むね》がずきずきと痛《いた》んだ。

「メグ。あたし、……決《き》めた」

メグは、ゆっくりとうなずいた。

朝《あさ》の会《かい》が終《お》わったあと、あたしは、メグとふたりで、紗雪《さゆき》さんの席《せき》へまっすぐにむかった。

「あの。つぎ、理科室《りかしつ》だけど。いっしょに、いかない？」

おずおずと、さそってみる。紗雪《さゆき》さんは顔《かお》をあげた。

「……いいの？」

あたしたちがうなずくと、とたんに、紗雪《さゆき》さんは、ぱあっと顔《かお》をかがやかせた。

「ありがとう……！」

花《はな》が咲《さ》いたみたいな、春《はる》がきたみたいな、可憐《かれん》な笑顔《えがお》。

紗雪《さゆき》さんの目《め》に、うっすら涙《なみだ》がうかんで、うるんで光《ひか》っている。

「ありがとう。ほんとに、ほんとに、ありがとう」

心底《しんそこ》うれしそうな紗雪《さゆき》さんのようすを見《み》て、話《はな》しかけてよかったな、って思《おも》った。

よっぽど、張《は》りつめていたんだろうな、って。

べつに、渚《なぎさ》くんに「友《とも》だちになってやって」とたのまれたからじゃない。

あたしだって、ほうっておけなかった。それに。

渚《なぎさ》くんとあの子《こ》の関係《かんけい》を気《き》にして、もやもやするからって。

ひとりぼっちでいるあの子《こ》のことを、みんなといっしょに無視《むし》するなんてことしたら、きっと自分《じぶん》のことがゆるせなくなる。

廊下《ろうか》を歩《ある》きながら、メグとあたしは、かんたんに自己紹介《じこしょうかい》をした。

「あたしは相原恵《あいはらめぐみ》。メグって呼《よ》んで」

「あたしは、鳴沢千歌《なるさわちか》」

「うん。メグちゃんと、……千歌《ちか》ちゃん」

そっと、宝物《たからもの》にふれるように、やわらかくあたしたちの名前《なまえ》をくりかえすと、紗雪《さゆき》さんは、ぎゅっと、持《も》っていた教科書《きょうかしょ》とノートを胸《むね》に抱《だ》きしめた。

「わたしのことも、名前《なまえ》で呼《よ》んでほしいな、なんて」

はにかんだように、そう言《い》った。

「わかった。紗雪《さゆき》ちゃん」

さっそくメグが名前《なまえ》を呼《よ》ぶと、紗雪《さゆき》さんはうれしそうに笑《わら》った。

紗雪《さゆき》さん……。ううん、紗雪《さゆき》ちゃん。

紗雪《さゆき》ちゃんを真《ま》んなかに、3人《にん》ならんで、階段《かいだん》をおりていく。

「わたしね。パパが転勤族《てんきんぞく》で、しょっちゅう転校《てんこう》してたんだ。でもね、仕事《しごと》が変《か》わって、この街《まち》でずっと暮《く》らせるようになったの」

紗雪《さゆき》ちゃんは、ぺらぺらとしゃべりはじめた。

だれかに自分《じぶん》のことを話《はな》したくてうずうずしていたのかも。

昔《むかし》は、教室《きょうしつ》でぜんぜんしゃべらない子《こ》だったって、渚《なぎさ》くんは言《い》ってたけど……。

「大好《だいす》きな街《まち》にもどってこれて、おまけにもう引《ひ》っ越《こ》さなくてすむなんて、うれしくて。むこうの友《とも》だちと別《わか》れるのはさびしかったけど、っ、きゃああっ」

「あっ。紗雪《さゆき》ちゃ……」

メグが気《き》づいたときには、もう遅《おそ》かった。

紗雪《さゆき》ちゃんが、階段《かいだん》から足《あし》をふみはずしてころんだんだ。

「いったあ……」

「だ、だいじょうぶ？」

紗雪《さゆき》ちゃんは尻《しり》もちをついて、顔《かお》をしかめている。

さいわい、階段《かいだん》のさいごのほうだったから、そんなに落《お》ちずにすんだけど。

「けがしてない？」

「だいじょうぶ。あーあ、わたし、またやっちゃった」

紗雪《さゆき》ちゃんは、ぺろっと舌《した》をだした。

「よく、なにもないところでつまずいたり、よそ見《み》して壁《かべ》にぶつかったりしちゃうんだ。はずかしい……」

ほおを真《ま》っ赤《か》にそめて、紗雪《さゆき》ちゃんはちらばったノートや教科書《きょうかしょ》をひろいはじめた。

あわてて、てつだう。

紗雪《さゆき》ちゃんって。もしや、かなりのドジっ子《こ》？


つぎの休《やす》み時間《じかん》も、そのつぎの休《やす》み時間《じかん》も。あたしたちは、3人集《にんあつ》まっておしゃべりをした。

せりなグループの女子《じょし》たちが、そんなあたしたちを見《み》て、ひそひそ耳打《みみう》ちしあっている。

ぜったい、悪口《わるくち》言《い》ってるよね。でも、こうなったからには、気《き》にしないようにするしかない。

お昼休《ひるやす》みになった。あたしたちは、３人《にん》で、図書室《としょしつ》にむかった。

教室《きょうしつ》から離《はな》れるだけで、なんだか呼吸《こきゅう》がしやすい気《き》がする。

「図書室《としょしつ》、なつかしい。1年生《ねんせい》のころ、いちばん好《す》きな場所《ばしょ》だったの」

棚《たな》にならんだ本《ほん》を手《て》に取《と》りながら、紗雪《さゆき》ちゃんが目《め》をほそめる。

「本《ほん》が好《す》きなの？」

メグがたずねると、紗雪《さゆき》ちゃんはちいさくうなずいた。

「わたしが、っていうか、その」

紗雪《さゆき》ちゃんは口《くち》ごもる。なぜか、赤《あか》くなっている。

ふしぎに思《おも》っていると、メグが急《きゅう》に、なにかを思《おも》いだしたみたいに、ぱっと目《め》をかがやかせた。

「紗雪《さゆき》ちゃん、まんがは好《す》き？　実《じつ》は図書室《としょしつ》に最近入《さいきんはい》ったまんががあってね、超《ちょう》おもしろいんだけど」

あたしをちらっと見《み》て、いたずらっぽく笑《わら》う。

まさか……。そのまんがって……。

卒業文集《そつぎょうぶんしゅう》などの生徒《せいと》の作品《さくひん》がおかれているコーナーから、メグは1冊《さつ》の冊子《さっし》をぬきとった。

「じゃーんっ！」

やっぱり、あたしの描《か》いたまんが！

「『転校生《てんこうせい》は、王子様《おうじさま》』……？　えっ、作《さく》・鳴沢千歌《なるさわちか》って……」

紗雪《さゆき》ちゃんが、冊子《さっし》の表紙《ひょうし》とあたしの顔《かお》を、かわりばんこに見《み》やった。

「うん。あたしが描《か》いたんだ。10月《がつ》の学習発表会《がくしゅうはっぴょうかい》で展示《てんじ》して、図書室《としょしつ》にもおかせてもらったの」

「ええっ！　千歌《ちか》ちゃんが！　すごーいっ！」

「ちょ、紗雪《さゆき》ちゃんっ」

あわててメグがカウンターのほうを見《み》やった。

図書委員《としょいいん》の6年生《ねんせい》が、こっちを見《み》ている。口《くち》に人差《ひとさ》し指《ゆび》をあてて、「しーっ」と、言《い》っている。

注意《ちゅうい》されちゃったよ。3人《にん》して、縮《ちぢ》こまる。

紗雪《さゆき》ちゃんは目《め》をかがやかせて、あたしのまんがを読《よ》みはじめた。

ページをめくるたびに、くるくると表情《ひょうじょう》が変《か》わる。ほほえんだり、くすっと笑《わら》ったり、せつなげにため息《いき》をついたり。

「すごくおもしろいよ。これ、ひとりで描《か》いたの……？」

「う、うん」

紗雪《さゆき》ちゃんはそっと冊子《さっし》をとじると、うるんだ目《め》であたしをみつめた。

「千歌《ちか》ちゃん、すごい。尊敬《そんけい》しちゃう……」

「そ、それほどでも」

そんなにうるうるとした瞳《ひとみ》をむけられたら、なんだかどぎまぎしちゃうよ。

ほめられて照《て》れくさいのもあって、顔《かお》が熱《あつ》くなった。

「千歌《ちか》は教室《きょうしつ》では地味《じみ》で目立《めだ》たないけど、だれよりもがんばり屋《や》なんだからね！」

メグがえへんと胸《むね》をはる。

「メグってば。ひとことよけいだよ。地味《じみ》って……」

うれしいけど、どうにもくすぐったくて、メグを小突《こづ》くと、メグはへへへっと笑《わら》った。

図書室《としょしつ》をでてからは、紗雪《さゆき》ちゃんの質問《しつもん》攻《ぜ》め。

「いつから描《か》いてるの？」

「ほかにも描《か》いているまんが、ある？」

「どうやってお話《はなし》を考《かんが》えるの？」

紗雪《さゆき》ちゃんのまるい大《おお》きな瞳《ひとみ》が、きらきらかがやいている。

教室《きょうしつ》で、青《あお》い顔《かお》して、じっと自分《じぶん》の席《せき》で口《くち》を引《ひ》き結《むす》んでいたのが、うそみたい。

紗雪《さゆき》ちゃんって、いい子《こ》だな。きっと、もっと仲《なか》よくなれる。

ちょっとドジだけど、そこもかわいい。

ふと、土手《どて》でころびそうになって、渚《なぎさ》くんに手《て》を取《と》ってもらっている紗雪《さゆき》ちゃんのすがたが、脳裏《のうり》によみがえった。

ダメ。思《おも》いだしちゃ。せっかくいい友《とも》だちになれそうなのに、もやもやしたくないよ。

「あっ！」

いきなり、メグが立《た》ち止《ど》まった。

「あたし、先生《せんせい》のところにいかなきゃいけないんだった。やばい！　先《さき》にいくね！」

そう言《い》って、たたっと駆《か》けていく。

「メグってば、そそっかしいなあ」

ため息《いき》まじりにつぶやくと、紗雪《さゆき》ちゃんはくすくす笑《わら》った。

ふたりならんで教室《きょうしつ》まで歩《ある》く。

「ねえ。千歌《ちか》ちゃん」

「なに？」

「千歌《ちか》ちゃんって、渚《なぎさ》くんと、いっしょに住《す》んでるんでしょ？」

「えっ……」

息《いき》が止《と》まりそうになってしまった。
どうして、それを……？
「渚《なぎさ》くんに聞《き》いたの。この間《あいだ》、川《かわ》のところで会《あ》ったでしょ？　あのとき」
紗《さ》雪《ゆき》ちゃんはにっこり笑《わら》う。くもりのない、まっすぐな目《め》。
渚《なぎさ》くんが、自分《じぶん》から話《はな》したの？　あたしたちのひみつを。
どうして……？

5. ひみつだった、はずなのに。

家《いえ》に帰《かえ》ってドアをあけると、玄関《げんかん》には渚《なぎさ》くんのくつがあった。

渚《なぎさ》くん……。

心臓《しんぞう》がぎゅっとなる。

「おかえり千歌《ちか》。帰《かえ》ってくるのにどんだけ時間《じかん》かかってんだよ。ほんっと、足《あし》おせーよな」

リビングのこたつで、おにぎりを食《た》べながら、渚《なぎさ》くんはあたしに憎《にく》まれ口《ぐち》をたたいた。

「ずいぶん、おっきいおにぎりだね」

「夕方《ゆうがた》からチームの練習《れんしゅう》だからさ」

渚《なぎさ》くんは、サッカーの練習《れんしゅう》がある日《ひ》はいつも、自分《じぶん》でつくったおにぎりや、パンとかを、あらかじめ軽《かる》く食《た》べている。練習場所《れんしゅうばしょ》がちょっと遠《とお》いこともあって、帰《かえ》りが遅《おそ》くなるから。

あたしはランドセルをおいて、こたつに入《はい》った。

「あのさ、渚《なぎさ》くん」

「ん？」

「その。紗雪《さゆき》ちゃんに話《はな》したの？　あたしたちがきょうだいになったこと」

紗雪《さゆき》ちゃんは、ぜんぶ知《し》っていた。あたしと渚《なぎさ》くんの家庭《かてい》の事情《じじょう》。それを、クラスのみんなにはかくしていることも。

「話《はな》したけど？」

さらりと、渚《なぎさ》くんはこたえた。

「は。話《はな》したって、そんなに軽《かる》く……」

「ほら、この前《まえ》の日曜《にちよう》、さゆと川原《かわら》で会《あ》ったろ？　あのあと、会話《かいわ》の流《なが》れで」

「な、流《なが》れ？」

って、なにそれ？

「だいじょうぶだって。さゆは、ぺらぺらと言《い》いふらしたりするようなやつじゃないし。あいつ、うちの母《かあ》さんのことだってよく知《し》ってんだからさ、報告《ほうこく》するぐらいかまわないだろ？」

「でも」

「おまえだってまんが家《か》の6年《ねん》に話《はな》したんじゃん」

「あれは、偶然《ぐうぜん》ばれたんだもん」

たしかに、原口先輩《はらぐちせんぱい》にもひみつを知《し》られてしまっている。だけど、自分《じぶん》からうちあけたわけじゃない。

「そもそも無理《むり》があるんだよ。おれたちの事情《じじょう》のこと、みんなにひみつにしつづけんの。そろそろうちあけるべきだと思《おも》うんだけど」

「そんな……」

「ま。とにかく、さゆは信用《しんよう》できるやつだから、心配《しんぱい》すんな」

渚《なぎさ》くんはそう言《い》うと、グラスのお茶《ちゃ》をごくごくと飲《の》んだ。

あたしは、それ以上《いじょう》、なにも言《い》えなかった。


どうすることもできなくて、あたしは、自分《じぶん》の部屋《へや》で、ただ、クッションを抱《だ》きしめている。

クラスのみんなにはひみつにしようって、渚《なぎさ》くんにお願《ねが》いしたのはあたし。渚《なぎさ》くんも、わかったと言《い》ってくれた。

なのに、どうしてあたしになんの相談《そうだん》もなく、あの子《こ》にはすべて話《はな》してしまうの？

特別《とくべつ》だから？　……紗雪《さゆき》ちゃんのことが。

小《ちい》さいころ、仲《なか》がよかったのに、離《はな》ればなれになった。だけど紗雪《さゆき》ちゃんがもどってきて、すごくうれしかったんだよね？

あの子《こ》の名前《なまえ》を呼《よ》ぶときの、渚《なぎさ》くんのやさしい声《こえ》。やわらかい笑顔《えがお》。

好《す》き……、なの？

好《す》きな女《おんな》の子《こ》に、ひみつをつくりたくなかったの？

だから、みんなにもうちあけようなんて言《い》いだしたの？

たまらなくなって、あたしは首《くび》をぶんぶんと横《よこ》にふった。こうやって、悪《わる》い想像《そうぞう》ばかり勝手《かって》にふくらませてしまうのは、あたしの悪《わる》いくせ。

コンコン、と、ノックの音《おと》がひびく。

「渚《なぎさ》くん……？」

そっとドアをあけると、そこにいたのは悠斗《ゆうと》くんだった。

「これ、千歌《ちか》ちゃんのだよね？　渚《なぎさ》の机《つくえ》にあったんだけど」

そう言《い》って悠斗《ゆうと》くんが差《さ》しだしたのは、あたしがこのあいだ渚《なぎさ》くんに貸《か》したまんが。

「なにげなく読《よ》みはじめたらおもしろくって。ごめんね、勝手《かって》に。つづき、持《も》ってる？」

「う、うん。全巻《ぜんかん》そろってる」

どうぞ、と、悠斗《ゆうと》くんを部屋《へや》にまねき入《い》れた。

渚《なぎさ》くんはノックもなしに勝手《かって》に入《はい》ってくるけど、悠斗《ゆうと》くんはさすが、紳士《しんし》だな。

夏休《なつやす》みからいっしょに暮《く》らしはじめたけど、そういえば、悠斗《ゆうと》くんを部屋《へや》に入《い》れるのははじめてかも。

「千歌《ちか》ちゃん、ほんとにまんがが好《す》きなんだね」

悠斗《ゆうと》くんはあたしの本棚《ほんだな》を見《み》て、つぶやいた。

「悠斗《ゆうと》くんも、まんが、読《よ》むんだね。なんだか意外《いがい》」

イメージじゃないっていうか。

悠斗《ゆうと》くんはメガネの奥《おく》の目《め》をほそめた。

「まんがも、友《とも》だちに貸《か》してもらったりしてときどき読《よ》むよ。ふだんは、小説《しょうせつ》ばかり読《よ》んでるけど」

「ふうん、小説《しょうせつ》……」

「翻訳《ほんやく》もののミステリーとか、SF《エスエフ》とかをよく読《よ》むかな。貸《か》そうか？」

「えっ。むりむり、むずかしそう！」

あわてて首《くび》を横《よこ》にふると、悠斗《ゆうと》くんはくすくすと笑《わら》った。

「じゃ、借《か》りていくね、つづき。読《よ》んだらすぐにかえすから」

にこやかに笑《わら》うと、悠斗《ゆうと》くんはでていった。

悠斗《ゆうと》くんは読書家《どくしょか》だけど、渚《なぎさ》くんはまったく読《よ》まなそうだな。きょうだいでも、好《す》きなことがぜんぜんちがうんだ。

悠斗《ゆうと》くんが、前《まえ》、教《おし》えてくれたことがある。

渚《なぎさ》くんは小《ちい》さいころから活発《かっぱつ》で、亡《な》くなったお父《とう》さんにサッカーを教《おし》えてもらっていた、って。でも悠斗《ゆうと》くんは、ひとりでしずかに本《ほん》を読《よ》んでいるほうが好《す》きだった、とも。

小《ちい》さいころの渚《なぎさ》くん。

紗雪《さゆき》ちゃんは、知《し》っているんだよね？

あたしも知《し》りたい。タイムマシンにのって、むかしにもどって、ふたりの間《あいだ》に割《わ》ってはいりたい。そんなのぜったいに無理《むり》だって、わかってるけど。

つぎの日《ひ》は、空《そら》にぶあつい雲《くも》が広《ひろ》がって、湿気《しっけ》をたっぷりふくんだ空気《くうき》が重《おも》くて、ひどく寒《さむ》かった。

1時間目《じかんめ》が終《お》わるころには、ぽつぽつと雨《あめ》がふりはじめた。

窓《まど》ガラスを雨《あめ》がつたうのを、自分《じぶん》の席《せき》で、ぼんやりとながめている。

「千歌《ちか》ちゃん」

呼《よ》ばれて、我《われ》にかえった。

紗雪《さゆき》ちゃんだ。

「千歌《ちか》ちゃん？　どうしたの、ぼーっとして」

「ちょっと、ね」

「わかった。まんがのアイディアを考《かんが》えていたんでしょ？」

「まあね、そんなとこ」

そういうことにしておこう。本当《ほんとう》は、紗雪《さゆき》ちゃんと渚《なぎさ》くんのことを考《かんが》えていたんだけど、そんなこと言《い》えるわけない。

メグは今日《きょう》、日直《にっちょく》で、黒板《こくばん》を消《け》したり、黒板消《こくばんけ》しをクリーナーできれいにしたり、いそがしい。

「ところで千歌《ちか》ちゃん」

紗雪《さゆき》ちゃんはきゅうに声《こえ》をひそめた。

「渚《なぎさ》くんのことだけど」

きゅっと、心臓《しんぞう》が縮《ちぢ》まる。

いきなり、紗雪《さゆき》ちゃんの口《くち》から、渚《なぎさ》くんの名前《なまえ》が飛《と》びだしたから。

どきどきと、鼓動《こどう》がはやくなる。

教室《きょうしつ》のうしろのほうで、男子《だんし》たちとふざけあっている渚《なぎさ》くんを、紗雪《さゆき》ちゃんはちらっと見《み》た。

「どんな感《かん》じ？　その、同級生《どうきゅうせい》の男子《だんし》ときょうだいになって、いっしょにくらしてるのって」

「えっ……。えっと。そりゃ、とまどったよ。それに、渚《なぎさ》くんってすごくえらそうだし、あたしのこと、からかってばかりだし」

しどろもどろになってしまう。なんでそんなこと聞《き》くんだろう。

「へえ、そうなんだ。でも、渚《なぎさ》くんって、ちょっと口《くち》が悪《わる》いとこあるけど、本当《ほんとう》はすごくやさしいし、たよりになるんだよ？」

紗雪《さゆき》ちゃんは、澄《す》んだきれいな目《め》をぱちくりさせた。

知《し》ってるよ。って、言《い》いたかった。そうだよ、渚《なぎさ》くんはやさしいよ、って。

でも……。

紗雪《さゆき》ちゃんの、渚《なぎさ》くんのことをぜんぶ知《し》ってるみたいな口《くち》ぶりに、胸《むね》がもやもやする。

いまなにを言《い》っても、とげとげした、いやな言《い》いかたになってしまいそうで。口《くち》をつぐんだ。

紗雪《さゆき》ちゃんはふんわりほほえむと、小首《こくび》をかしげた。

「でも、仲《なか》はいいんだよね？　渚《なぎさ》くん、まあまあうまくやってるって言《い》ってた」

渚《なぎさ》くん、あたしのこと、そんなふうに言《い》ったの？　まあまあってなに？　どういうこと？

もやもやがどんどんひろがっていくけど、紗雪《さゆき》ちゃんにさとられないようにしなくちゃ。

あたしはあわてて笑顔《えがお》をつくった。

「まあまあ、か。そうだね、まあまあうまくやってるよ。ははっ」

あたし、うまく笑《わら》えているかな？　ひきつったりしてないかな？

紗雪《さゆき》ちゃんはちょっとだけ、視線《しせん》を泳《およ》がせた。

「その。お母《かあ》さんや、ゆ、悠斗《ゆうと》くんは、どんなかんじ？」

「え？　うん。みちるさんは、明《あか》るくてすごくいい人《ひと》だから楽《たの》しいよ。悠斗《ゆうと》くんもすっごくやさしいし、落《お》ちこんでると話《はなし》を聞《き》いてくれたり、アドバイスをしてくれたりするよ」

「そっか……。やっぱり、やさしいんだ」

紗雪《さゆき》ちゃんは小《ちい》さくつぶやくと、窓《まど》の外《そと》をぼんやりながめた。

雨《あめ》はどんどんいきおいを増《ま》している。つめたい冬《ふゆ》の雨《あめ》。

紗雪《さゆき》ちゃんがふたたび口《くち》をひらいて、なにかを言《い》いかけた瞬間《しゅんかん》。

「千歌《ちか》っ！」

背中《せなか》を、ぱしんとたたかれた。メグだ。

「もう！　メグ、痛《いた》いよっ！」

「ごめんごめん、つい」

メグはいししっと笑《わら》った。

「ふたりとも、すごく思《おも》いつめた顔《かお》して、話《はな》しこんでるんだもん」

「思《おも》いつめた顔《かお》してた？　あたしたちが？」

うんうん、と、メグは何度《なんど》も首《くび》をたてにふった。

「おなやみ相談《そうだん》かなにか？」

ちがうよー、と、紗雪《さゆき》ちゃんが明《あか》るく笑《わら》う。

「千歌《ちか》ちゃんの新《あたら》しいまんがの話《はなし》を聞《き》いてたの！」

ねっ、と、紗雪《さゆき》ちゃんがあたしに片目《かため》をつぶってみせた。

「そうそう！　いきづまっちゃっててさ。この先《さき》の展開《てんかい》、どうしようかなあって」

あわてて話《はなし》を合《あ》わせてごまかす。

「そっか。ずるいなあ。そういう話《はなし》はあたしにもしてくれないと」

メグが身《み》を乗《の》りだした。

ごめん、メグ。でも、メグがきてくれてほっとした。

なんだかずっと、息《いき》が苦《くる》しいの。

メグにも、話《はな》してしまえたらいいのに。

だけどあたし、いやな子《こ》になりたくない。

もしも、渚《なぎさ》くんとのことや、あたしがかかえているもやもやを、メグにすべてうちあけたら。

つい、紗雪《さゆき》ちゃんのことを悪《わる》く言《い》ってしまうかもしれない。

それじゃ、紗雪《さゆき》ちゃんのことを無視《むし》している、せりなたちと同《おな》じになっちゃう。

それが、こわい。

雨《あめ》の粒《つぶ》がようしゃなく窓《まど》をたたきつける。

みんなの笑《わら》い声《ごえ》がひびく教室《きょうしつ》は、いつもより薄暗《うすぐら》くて、寒《さむ》い。

6．あたしは、たんなる「妹《いもうと》」だもん

1日中《にちじゅう》、どんよりした気分《きぶん》をひきずったまま過《す》ごした。

帰《かえ》り道《みち》は、雨《あめ》がひどくて、傘《かさ》をさしていてもぬれてしまった。

なんだか頭《あたま》も痛《いた》いし、なにより、寒《さむ》くてたまらない。

「ただいま……」

力《ちから》なくつぶやいて家《いえ》にあがる。リビングでランドセルをおろすと、いきなり、うしろから、ぽふっとやわらかいものにつつまれた。

「きゃっ」

なにこれ。タオル？　前《まえ》が見《み》えない。

ふんわりと、花《はな》のような、柔軟剤《じゅうなんざい》のにおいがする。

「おまえ、傘持《かさも》ってなかったのかよ。ぬれてんじゃん」

渚《なぎさ》くんがあたしにバスタオルをかぶせたんだ。

「ちゃんとふかなきゃ風邪《かぜ》ひくぞ？」

バスタオルをずりあげて渚《なぎさ》くんを見《み》あげる。いつもどおり、クールな顔《かお》してる。

「いいもん、風邪《かぜ》ひいても」

きゅっと、口《くち》を引《ひ》き結《むす》んだ。なんだか素直《すなお》になれないのは、どうして？

「つ、くしゅっ」

くしゃみが、飛《と》びだした。ぞくぞくと、背《せ》すじをつたって寒気《さむけ》がはいあがってくる。

渚《なぎさ》くんはそんなあたしを見《み》て眉《まゆ》をよせた。

「千歌《ちか》。熱《ねつ》あんじゃね？」

渚《なぎさ》くんの手《て》があたしのおでこにふれた。とたんに、びくっとからだがふるえる。

一瞬《いっしゅん》で、かあっと顔《かお》が熱《あつ》くなる。

「熱《あつ》い。やばいぞ、おまえ、マジで熱《ねつ》がある」

渚《なぎさ》くんのせいだよ。

どきどきがとまらないよ。

頭《あたま》が、くらくらするよ……。

「千歌《ちか》？　おい、千歌《ちか》っ」

よろめいたあたしを、渚《なぎさ》くんがとっさにささえた。

「すぐ着替《きが》えて寝《ね》ろ。ひとりで階段《かいだん》のぼれるか？」

「だ、……だいじょうぶ」

「ぜんぜんだいじょうぶっぽくねーな。ついてってやるから、つかまれよ」

しんどくって、足《あし》がふらふらして。渚《なぎさ》くんのパーカの、腕《うで》のところの生地《きじ》を、にぎりしめてつかまった。

「母《かあ》さんかおじさんに電話《でんわ》して、早《はや》く帰《かえ》ってくるように言《い》っとくから。それまでがんばれるか？」

「……へいきだよ、これぐらい」

渚《なぎさ》くんといっしょに、ゆっくりと階段《かいだん》をのぼる。自分《じぶん》のはく息《いき》が熱《あつ》い。

「無理《むり》すんなよ」

渚《なぎさ》くんの低《ひく》い声《こえ》。

……やさしくしないで。涙《なみだ》がでそうになっちゃうじゃん。

――渚《なぎさ》くんって、本当《ほんとう》はやさしいし、たよりになるんだよ。

そう言《い》った紗雪《さゆき》ちゃんの顔《かお》が頭《あたま》をよぎった。

渚《なぎさ》くんがあたしにやさしくしてくれるのは、あたしが妹《いもうと》だから。

あたしは、紗雪《さゆき》ちゃんとはちがう。

胸《むね》が痛《いた》い。痛《いた》いよ……。


つぎの日《ひ》は学校《がっこう》を休《やす》んだ。病院《びょういん》でもらった薬《くすり》を飲《の》んで寝《ね》ていたら、夕方《ゆうがた》には熱《ねつ》がさがった。

コンコン、と、ノックの音《おと》。

「どうぞ」

かちゃりとドアが開《ひら》く。入《はい》ってきたのは渚《なぎさ》くんだ。

「どうだ？　調子《ちょうし》」

「だいぶ、いい」

ゆっくりと身《み》を起《お》こす。まっすぐに渚《なぎさ》くんを見《み》ることができない。

「これ。先生《せんせい》から」

「ありがとう」

授業《じゅぎょう》でくばられたプリントだ。見《み》ていると、また熱《ねつ》があがりそう。

「それと、さゆから。授業《じゅぎょう》のノートだって」

手《て》わたされたのは、きれいな字《じ》で丁寧《ていねい》にまとめられた、ルーズリーフ。

「えっ……。紗雪《さゆき》ちゃん、自分《じぶん》のとべつに、あたしのノートも取《と》ってくれたってこと？」

「みたいだな。ちょっとでも千歌《ちか》の力《ちから》になりたいって言《い》ってた」

そうなんだ……。たいへんだっただろうな。

ルーズリーフには、ちいさなメモが添《そ》えられていた。はやく元気《げんき》になってね！　って、カラフルなペンでメッセージが書《か》いてある。

「紗雪《さゆき》ちゃんって、すごく、いい子《こ》、だね……」

「だろ？」

渚《なぎさ》くんが得意《とくい》げにほほえんだ。ちくりと、胸《むね》にとげがささる。

「ごめん。あたし、また頭《あたま》が痛《いた》くなってきた」

思《おも》わず、そんなことを口《くち》にしてしまった。

「ちょっと横《よこ》になりたい」

「だいじょうぶか？」

「ん。眠《ねむ》ったらよくなると思《おも》う」

だからはやくでていって、とばかりに、あたしはベッドに横《よこ》になってふとんをかぶった。

「悪《わる》かった、無理《むり》させて。ゆっくり休《やす》めよ」

しずかに言《い》うと、渚《なぎさ》くんはでていった。

ごめん。渚《なぎさ》くん。でも、これ以上《いじょう》、渚《なぎさ》くんの口《くち》から、あの子《こ》の話《はなし》を聞《き》きたくなかった。

胸《むね》が痛《いた》くて、どうしようもないの。


つぎの日《ひ》の学校《がっこう》。

もう体調《たいちょう》はすっかりよくなった。少《すこ》しせきがでるぐらい。もちろんマスクはしている。

「千歌《ちか》っ！」

あたしの席《せき》に、メグと紗雪《さゆき》ちゃんがすぐさま駆《か》けよってきた。

「もうだいじょうぶ？」

「うん。紗雪《さゆき》ちゃん、ノートありがとう。すごくきれいでわかりやすかった」

えへへっ、と、紗雪《さゆき》ちゃんははにかんだ。

「あたしも、千歌《ちか》の家《いえ》にお見舞《みま》いにいきたいなって思《おも》ってたんだけどさ」

メグが言《い》った。どきっと心臓《しんぞう》がはねる。

「そういえば、新《あたら》しい家《いえ》がどこなのか知《し》らないなって。千歌《ちか》が引《ひ》っ越《こ》ししてから、一度《いちど》も遊《あそ》びにいってないし」

「あ。えと、そういえばそうだねっ。ちょっと遠《とお》くなっちゃったから、さそいづらくて」

声《こえ》がうわずってしまう。

「遠《とお》いっていっても校区内《こうくない》でしょ？　こんど遊《あそ》びにいってもいい？」

「う。うん」

と、けほけほっ、と、せきがでた。

「だいじょうぶ？」

「ご、ごめん」

チャイムが鳴《な》る。メグと紗雪《さゆき》ちゃんは自分《じぶん》の席《せき》にもどっていった。

やっぱり、そろそろ、メグには渚《なぎさ》くんとの同居《どうきょ》のこと、うちあけようかな。

渚《なぎさ》くんだって、紗雪《さゆき》ちゃんに勝手《かって》に話《はな》してしまったんだし。かまわないはず。

あたしだってメグに新《あたら》しい家《いえ》を見《み》せたいし。あたしの部屋《へや》で、いっしょに、まんがやイラストを描《か》いたりできたら楽《たの》しいだろうなあ。

そんなことを考《かんが》えているうちに、1時間目《じかんめ》が終《お》わった。

つぎは音楽《おんがく》だから、音楽室《おんがくしつ》に移動《いどう》だ。

教科書《きょうかしょ》とリコーダーの用意《ようい》をして、廊下《ろうか》にでると、すぐに紗雪《さゆき》ちゃんがきた。

メグはまだこない。紗雪《さゆき》ちゃんが声《こえ》をひそめた。

「千歌《ちか》ちゃん。きのう、渚《なぎさ》くん、心配《しんぱい》してたよ。千歌《ちか》ちゃんがいきなり高《たか》い熱《ねつ》をだしたからびっくりした、って」

渚《なぎさ》くんの話《はなし》をあたしにするときは、みんなに聞《き》かれないように気《き》をつかってくれている。

「心配《しんぱい》、かあ」

それは、あたしが、あぶなっかしい「妹《いもうと》」だから。

あたしは、たんなる「妹《いもうと》」だもん。

でも……。あのとき、渚《なぎさ》くんがいてくれてよかった。

「熱《ねつ》があるときってね、ひとりだとすごく心細《こころぼそ》いの。あたしはずっとパパとふたりぐらしだったんだけど、留守番《るすばん》してるときに具合悪《ぐあいわる》くなったことがあって」

紗雪《さゆき》ちゃんはうなずく。

「そのときは、パパにもおばあちゃんたちにもなかなか電話《でんわ》がつながらなくって、こわかった。いまは、渚《なぎさ》くんや悠斗《ゆうと》くんがいるから、心強《こころづよ》い……かな」

「やさしいもんね、ふたりとも」

「ん」

「いいなあ……千歌《ちか》ちゃんは」

紗雪《さゆき》ちゃんはつぶやいた。その瞳《ひとみ》が、せつなげにゆれている。

いいなあ、って、どういう意味《いみ》？　どうしてそんなにさびしそうな顔《かお》をするの？

紗雪《さゆき》ちゃんも……。渚《なぎさ》くんのことを、好《す》きなの？

「あっ。メグちゃん」

ふいに、紗雪《さゆき》ちゃんが声《こえ》をあげた。

メグが、あたしたちのうしろに立《た》っていた。教科書《きょうかしょ》とリコーダーを、ぎゅっと胸《むね》に抱《だ》いて。

メグがきたことに、ぜんぜん気《き》づかなかった。

「メグ。あたしたち、メグを待《ま》ってたんだ」

「ごめん。なんだか、声《こえ》かけづらくて」

メグはあたしから目《め》をそらした。

メグ？

「ふたりでこそこそ、話《はな》しこんでるし」

「こそこそなんて、してないよ」

「そうかなあ。小《ちい》さい声《こえ》で、顔《かお》をよせあって……。なんだか深刻《しんこく》そうな顔《かお》してるし」

「そんな、たいした話《はなし》してないよ？」

「でも」

メグが口《くち》をひらいた瞬間《しゅんかん》。男子《だんし》の集団《しゅうだん》が、わあっと騒《さわ》ぎながら走《はし》りぬけていった。

その声《こえ》に、メグの言《い》いかけた言葉《ことば》はかき消《け》されてしまった。

「ごめんメグ、聞《き》こえなかった。なに……？」

「あ。えっと。……いいや。それより早《はや》くいこう」

メグは笑《わら》って、あたしと紗雪《さゆき》ちゃんの背中《せなか》を押《お》した。

メグはなにを言《い》おうとしたんだろう。

少《すこ》し、ひっかかってはいたんだけど。

そのあとは、ふだん通《どお》りのメグにもどって、イチ推《お》しのまんがやアニメのことを熱《あつ》く語《かた》っていた。

だからあたしは、すっかり、安心《あんしん》してしまっていた……。


帰宅後《きたくご》。あたしは自分《じぶん》の部屋《へや》で、描《か》きかけのまんがノートを開《ひら》いた。

最近《さいきん》まんがを放置《ほうち》していたけど、メグのまんがの話《はなし》をきいて、刺激《しげき》をうけたんだ。

でもなあ。幼《おさな》なじみの話《はなし》は、やっぱり気持《きも》ちがのらない……。

机《つくえ》にむかってうんうんうなっていると、いきなり、ドアが開《ひら》いた。

どきんと、胸《むね》が鳴《な》る。

ゆっくりとふりかえると、やっぱり渚《なぎさ》くん！

「な、なに？　宿題《しゅくだい》だったら、あたし、まだやってないからね？　見《み》せられないよ」

「ばーか。ちがうし」

渚《なぎさ》くんはあたしのそばによった。

「つぎの日曜《にちよう》だけど、おまえ、ヒマ？　しめきり的《てき》なもの、なんもない？」

「ないけど……？」

あたしがこたえると、渚《なぎさ》くんはほっとしたような笑《え》みをうかべた。

「じゃあさ。さゆの家《いえ》に遊《あそ》びにいかね？　兄《にい》ちゃんと3人《にん》で」

えっ……。

いきなりの提案《ていあん》に、あたしは、びっくりしてかたまってしまった。

7. とくべつな絆《きずな》

「紗雪《さゆき》ちゃんの家《いえ》に……？」

渚《なぎさ》くんはうなずく。

「さそわれたんだ。さゆの両親《りょうしん》、カフェ開《ひら》いたんだってさ。さゆが、千歌《ちか》もきてくれたらうれしいって」

カフェ……。そういえば紗雪《さゆき》ちゃん、パパの仕事《しごと》が変《か》わったから、もう引《ひ》っ越《こ》ししなくていいって言《い》ってた。お店《みせ》を開《ひら》いたんだ。すごい。

それにしても、そんな話《はなし》、いつ、ふたりでしていたんだろう。

あたしの知《し》らないところで。ふたりきりで……。

「渚《なぎさ》くんは、いきたいの？」

「そりゃ、まあ。ケーキをサービスしてくれるっていうし。おばさんたちにも会《あ》いたいしさ」

「ふうん……」

新《あたら》しくできた友《とも》だちからの、すてきなおさそいのはずなのに。

もっと、こころがうきうき、はずんでもよさそうなのに。

あたしって、……いやな子《こ》だ。


そして、日曜日《にちようび》がやってきた。

よく晴《は》れて気持《きも》ちのいい午後《ごご》。あたしは、渚《なぎさ》くんと悠斗《ゆうと》くんといっしょに、紗雪《さゆき》ちゃんのパパとママが開《ひら》いたカフェを訪《おとず》れた。

「ここだ。カフェ・スノウドロップ」

地図《ちず》を手《て》にした渚《なぎさ》くんがつぶやく。

大通《おおどお》りからちょっと裏《うら》に入《はい》ったところにある、こぢんまりしたお店《みせ》。白《しろ》い木《き》のドアの横《よこ》におかれたイーゼルに、メニューを書《か》いた小《ちい》さな黒板《こくばん》がのっている。

「かくれ家《が》っぽくてわくわくするね」

と、悠斗《ゆうと》くんがささやいた。たしかに。

渚《なぎさ》くんがドアをあける。カラン、とドアベルが鳴《な》った。

ふんわりと、コーヒーのかおり。そして、お菓子《かし》が焼《や》ける甘《あま》いにおいがひろがった。

白《しろ》っぽい、明《あか》るい店内《てんない》には、テーブル席《せき》が4つと、カウンター。カウンター席《せき》には、フルーツサンドを食《た》べているおじいさんと、コーヒーを飲《の》みながら読書《どくしょ》をしている女《おんな》の人《ひと》がいる。

カウンターのむこうには高《たか》い棚《たな》があって、ラムネ色《いろ》したガラス瓶《びん》や、小《ちい》さなカゴや、白《しろ》い食器《しょっき》がたくさんならんでいる。

緑《みどり》がいっぱいだし、テーブルや椅子《いす》も木《き》でできていて、ナチュラルな雰囲気《ふんいき》。

お店《みせ》の壁《かべ》にはつくりつけの木《き》の棚《たな》があって、かわいい雑貨《ざっか》やグリーンがディスプレイされている。


きょろきょろお店《みせ》のなかを見《み》まわしていると、

「悠斗《ゆうと》くん、渚《なぎさ》くん。いらっしゃい」

と、女《おんな》の人《ひと》の声《こえ》がした。

すごくきれいな人《ひと》。花《はな》が咲《さ》いたみたいな、やわらかくて明《あか》るい笑顔《えがお》。

洗《あら》いざらしの白《しろ》いシャツにゆったりしたパンツ、そして、茶色《ちゃいろ》いカフェエプロン。長《なが》い髪《かみ》は頭《あたま》のてっぺんでおだんごにまとめている。白《しろ》い肌《はだ》に、澄《す》んだ、大《おお》きな瞳《ひとみ》。

この人《ひと》が、紗雪《さゆき》ちゃんのママだって、すぐにわかった。だって、そっくりだもん。

「おばさん！　ひさしぶり！　カフェ開《ひら》くとかすげーよ！」

渚《なぎさ》くんが大《おお》きな声《こえ》で叫《さけ》んだ。

「ありがとう。ついに、夢《ゆめ》をかなえたの！　父《ちち》がやってたお店《みせ》を引《ひ》き継《つ》いで、改装《かいそう》したのよ」

にっこりと、笑《わら》う。

「それにしても、ふたりとも、すっかりカッコよくなっちゃって……」

渚《なぎさ》くんたちは、くすぐったそうにしている。

感動《かんどう》の再会《さいかい》シーンに入《はい》っていけるはずもなく、あたしはひとり、どうしていいかわからずに、ぼんやり立《た》っていた。

と、ドアがいきなりあいて、紗雪《さゆき》ちゃんがとびこんできた。

「ママ！　……あっ」

あたしたち3人《にん》に気《き》づくと、紗雪《さゆき》ちゃんはきゅうに縮《ちぢ》こまった。

「も、もうきてたんだ……」

みょうに、もじもじしている。

髪《かみ》には銀色《ぎんいろ》のカチューシャ。お花《はな》の刺繡《ししゅう》の入《はい》ったふんわりニットと、レースのスカート。

くちびるはほんのりさくら色《いろ》。もしや、色《いろ》つきリップぬってる？

なんでこんなに、おしゃれしているの……？

紗雪《さゆき》ちゃんはあたしのとなりにきて、そっと手《て》を取《と》った。

「ママ。この子《こ》が、鳴沢千歌《なるさわちか》ちゃん。渚《なぎさ》くんたちときょうだいになった子《こ》。……わたしの、友《とも》だち」

そう言《い》って、はにかんだように笑《わら》う。

紗雪《さゆき》ちゃんママは目《め》を大《おお》きく見開《みひら》いた。

「まあ。そうなの、あなたが。紗雪《さゆき》、いつも千歌《ちか》ちゃんの話《はなし》をしてるのよ。本当《ほんとう》に大好《だいす》きみたい」

「もう！　ママってば、ばらさないでよ。はずかしい……」

紗雪《さゆき》ちゃんはすねてむくれている。

友《とも》だち。大好《だいす》き。

そんなふうに、思《おも》ってくれているんだ。

あたしも、紗雪《さゆき》ちゃんのことが好《す》き。もっと仲《なか》よくなれると思《おも》う。

でも……。

ちらっと、渚《なぎさ》くんを見《み》る。

渚《なぎさ》くんと紗雪《さゆき》ちゃんが、もし両想《りょうおも》いだったら。彼氏彼女《かれしかのじょ》になってしまったら……。

そのときはあたし、どうすればいいの？

紗雪《さゆき》ちゃんママにうながされて、あたしたち4人《にん》は、奥《おく》のテーブル席《せき》についた。

あたしと紗雪《さゆき》ちゃんがとなり。むかいに、渚《なぎさ》くんと悠斗《ゆうと》くん。

紗雪《さゆき》ちゃんママが、それぞれがたのんだ飲《の》み物《もの》と、クリームをのせたシフォンケーキを運《はこ》んできてくれた。

「このケーキ！　なつかしいな！　さゆんちに遊《あそ》びにいったら、おばさんがいつもだしてくれたっけ。うまいんだよな」

渚《なぎさ》くんが目《め》をかがやかせる。

悠斗《ゆうと》くんは、コーヒーを少《すこ》し口《くち》にして、紗雪《さゆき》ちゃんのほうを見《み》た。

「それにしても。紗雪《さゆき》、大《おお》きくなったね。4年《ねん》ぶりだっけ？　すっごく小《ちい》さかったのに」

やわらかく、ほほえむ。

紗雪《さゆき》ちゃんは、こくんと、小《ちい》さくうなずいた。

「兄《にい》ちゃん、ジジくせーな。正月《しょうがつ》にひさしぶりに会《あ》った親戚《しんせき》のおっさんのせりふだぞ、それ」

渚《なぎさ》くんがつっこむと、悠斗《ゆうと》くんはふきだした。

紗雪《さゆき》ちゃんは、うつむいて赤《あか》くなっている。

小《ちい》さい子《こ》あつかいされて、はずかしかったのかな？　紗雪《さゆき》ちゃんって色白《いろじろ》だから、すぐに気持《きも》ちが顔色《かおいろ》にあらわれる。赤《あか》くなったり、青《あお》ざめたり。

渚《なぎさ》くんはうれしそうにケーキを口《くち》に運《はこ》んだ。

「そうそう、この味《あじ》。さゆんちのおばさん、いつもケーキだのクッキーだの手《て》づくりしててすげーなって思《おも》ってたんだよ」

「ママ、お菓子《かし》づくりに燃《も》えてたから。あのころは、味見《あじみ》ばっかりさせてごめんね」

「おれ的《てき》には、さゆんちにいけばうまいもん食《く》えるから、ラッキーって感《かん》じだったな。おじさんの料理《りょうり》も凝《こ》っててうまかったし」

「カフェの料理《りょうり》担当《たんとう》はパパ、お菓子《かし》担当《たんとう》はママなの。ママのスイーツめあてでくるお客《きゃく》さんも、たくさんいるんだよ」

ふたりの話《はなし》に、入《はい》っていけない……。

ミルクたっぷりのコーヒーを、ひと口《くち》、飲《の》む。砂糖《さとう》をたくさん入《い》れたのに、なんだか、苦《にが》いよ。

「千歌《ちか》も食《く》えよ。うまいぞ？」

渚《なぎさ》くんが無邪気《むじゃき》に笑《わら》った。あたしも、ぎこちなく笑《え》みをかえす。

ケーキをひときれ、口《くち》に運《はこ》んだ。

やわらかくて、きめ細《こま》かでしっとりしてて、ふんわりと甘《あま》い。

幸《しあわ》せ、って。きっとこんな味《あじ》をしてるんだろうな、って……、思《おも》った。

「すごくおいしい」

だろ？　と渚《なぎさ》くんが自慢《じまん》げに笑《わら》う。

おいしくて、せつなくなるよ。紗雪《さゆき》ちゃんと渚《なぎさ》くんの、やさしくて甘《あま》い、思《おも》い出《で》の味《あじ》。

「ほんと、なつかしい」

悠斗《ゆうと》くんが目《め》を細《ほそ》めた。満足《まんぞく》げなため息《いき》をつくと、ゆっくり、コーヒーを口《くち》にする。

そっか。悠斗《ゆうと》くんにとっても、思《おも》い出《で》の味《あじ》なんだ。

「ちょ、おい。さゆっ」

いきなり、渚《なぎさ》くんがあわてた声《こえ》をだした。

となりを見《み》ると、紗雪《さゆき》ちゃんの手《て》にしたカップがかたむいていて、紅茶《こうちゃ》がこぼれている。

紗雪《さゆき》ちゃんは、はっとわれにかえった。

「や、やだっ。わたしったら。ぼーっとしてて」

あたしはバッグからハンドタオルをだして、急《いそ》いでふいた。

さいわい、服《ふく》にはかかってないみたい。

「ごめん千歌《ちか》ちゃん。ハンドタオル、よごれちゃった」

「いいよ、タオルぐらい」

「まったく、しょーがねえなあ。ちっとも変《か》わってねーのな、そういう天然《てんねん》なトコ」

渚《なぎさ》くんがあきれている。けど、口《くち》もとは笑《わら》ってる。

紗雪《さゆき》ちゃんママが、あわてて台《だい》ふきを持《も》ってきてくれた。

「千歌《ちか》ちゃんごめんね、洗《あら》ってかえすから」

「あっ、ほんとにかまわないですから……」

「千歌《ちか》ちゃん、紗雪《さゆき》の言《い》う通《とお》り、ほんとにいい子《こ》ね」

「そんなこと……」

ないです。あたしはぜんぜん、いい子《こ》なんかじゃない。

ただ、いい子《こ》ぶってるだけ。

紗雪《さゆき》ちゃんママは、しみじみと、ため息《いき》をついた。

「みちるさんも、よかった……。幸《しあわ》せになったみたいで」

つぶやいて、悠斗《ゆうと》くんのほうをみつめる。

悠斗《ゆうと》くんは、心配《しんぱい》しないで、とでも言《い》いたげに。しっかりと、うなずいた。

「母《かあ》さん、鳴沢《なるさわ》さん……、千歌《ちか》ちゃんのお父《とう》さんと、本当《ほんとう》に仲《なか》いいんです。子《こ》どもの僕《ぼく》たちが、はずかしくなるぐらい」

ねっ、と、あたしに目配《めくば》せする。

こくんと、うなずく。

「今度《こんど》は、みちるさんも、お父《とう》さんも、ぜひ、連《つ》れていらっしゃいね」

そう言《い》って笑《わら》った紗雪《さゆき》ちゃんママの目《め》が、うるんで光《ひか》っていた。


カフェをでて、3人《にん》で家《いえ》まで歩《ある》く。

天気《てんき》はいいけど、吹《ふ》く風《かぜ》がつめたい。

通《とお》り沿《ぞ》いのお店《みせ》には、もう、クリスマスの電飾《でんしょく》がかざられている。

信号《しんごう》が赤《あか》に変《か》わって、立《た》ち止《ど》まった。

「本当《ほんとう》に、お世話《せわ》になったんだよ」

ずっと無言《むごん》だった悠斗《ゆうと》くんが、口《くち》をひらいた。

「父《とう》さんが入院《にゅういん》して大変《たいへん》だったときも。……そのあとも。となりに住《す》んでいた、紗雪《さゆき》のご両親《りょうしん》が、僕《ぼく》たちをずっと明《あか》るく支《ささ》えてくれた。紗雪《さゆき》も。一生懸命《いっしょうけんめい》だった」

お父《とう》さんが入院《にゅういん》して……、そのあと。

すうっと、空気《くうき》が冷《ひ》えた気《き》がした。
悠斗《ゆうと》くんの瞳《ひとみ》は、信号《しんごう》をとおりこして、もっとずっと、遠《とお》くをみつめている。
渚《なぎさ》くんは、ポケットに両手《りょうて》をつっこんで、下《した》をむいたまま。
……なんにも、言《い》わない。
「おばさんのケーキ食《た》べて、思《おも》いだしちゃったな」
悠斗《ゆうと》くんは、少《すこ》し、笑《わら》った。
あたしは、ぐるぐるに巻《ま》いたマフラーを、きゅっ、と、にぎりしめた。
渚《なぎさ》くんたちがいちばんつらいとき。そばにいたのが、紗雪《さゆき》ちゃんなんだ。
たんなる幼《おさな》なじみじゃない。きっと、もっと、とくべつな絆《きずな》がある。
そう思《おも》うと、たまらなく胸《むね》が痛《いた》んだ。

8・メグの涙《なみだ》

家《いえ》に帰《かえ》ったあと。あたしは自分《じぶん》の部屋《へや》にこもって、ずっと、ぼんやりしていた。
バッグにつけた、まゆげパンダのキーホルダーを、人差《ひとさ》し指《ゆび》でつつく。
家族旅行《かぞくりょこう》のとき、旅館《りょかん》の売店《ばいてん》にあったガチャガチャで、渚《なぎさ》くんが取《と》ってくれたの。
「ほら」って、あたしにパンダをわたしてくれたときの、渚《なぎさ》くんの笑顔《えがお》。
ふたりでずっと、こんな風《ふう》に笑《わら》っていられたらいいなって、思《おも》ったんだよ。
でも……、紗雪《さゆき》ちゃんにはかなわない。
渚《なぎさ》くんはきっと、紗雪《さゆき》ちゃんのことが好《す》き。
好《す》きな人《ひと》には、好《す》きな人《ひと》がいる。
だけど、ひとつ屋根《やね》の下《した》でくらす、きょうだいだから。いつも渚《なぎさ》くんは、そばにいる。
わすれられない。渚《なぎさ》くんを好《す》きになる前《まえ》の自分《じぶん》には、もどれないよ……。
だれにも言《い》えない、こんな気持《きも》ち。

どこにもはきだせなくて。風船《ふうせん》みたいに、せつない思《おも》いがふくらんで、押《お》しつぶされてしまいそう。

せめて、だれかにこの思《おも》いをきいてもらえたら。

そう思《おも》った瞬間《しゅんかん》、メグの顔《かお》が浮《う》かんだ。

――力《ちから》になれるかはわかんないけど、エンリョせずになんでも話《はな》しなよ！

メグは、そう言《い》ってくれていた。

メグに、すべてうちあけてしまおうか。でも。

あたしが、紗雪《さゆき》ちゃんにもやもやした気持《きも》ちをかかえていることを知《し》っても。

あたしのことを、いやな子《こ》だって思《おも》ったり、しないかな……。

つぎの日《ひ》の学校《がっこう》。

靴箱《くつばこ》でくつを履《は》きかえていたら、うしろから、ぽんっ、と肩《かた》をたたかれた。

「おはよっ」

紗雪《さゆき》ちゃんだ。

あたしも、笑顔《えがお》で「おはよう」を言《い》った。

「きのうは、ありがとう」

「こちらこそ、きてくれてすごくうれしかった」

ふたりそろって、校舎《こうしゃ》にあがり、階段《かいだん》をのぼっていく。

紗雪《さゆき》ちゃんは、転校《てんこう》してきたさいしょのころより、ずいぶん、たくさん笑《わら》うようになった。

やっぱり、あのとき話《はな》しかけて、友《とも》だちになってよかった。

後悔《こうかい》は、していない。

教室《きょうしつ》に入《はい》ると、メグのすがたが見《み》えた。自分《じぶん》の席《せき》でほおづえをついてぼんやりしている。

どうしたんだろう。なんだか、ようすが変《へん》。どこか、思《おも》いつめているような……。

ランドセルをしまって、ふたりしてメグの席《せき》に駆《か》けよった。

「おはよう。メグ、元気《げんき》ないみたいだけど……。なんかあった？」

メグはすこし笑《わら》った。

「だいじょうぶ。ごめん。きのうちょっと親《おや》とケンカしちゃってさ」

思《おも》わず、紗雪《さゆき》ちゃんと顔《かお》を見合《みあ》わせる。

「あっ。ちがうちがう、そんなに深刻《しんこく》なケンカじゃないから！　アニメばっかり観《み》てないで勉強《べんきょう》しなさいって、うるさく言《い》われて、ケンカになってさ。いつものことだよ」

メグはあわてて明《あか》るい声《こえ》をだした。

紗雪《さゆき》ちゃんは、ほっとしたような笑《え》みをうかべた。

「わたしもよくある！　ママがすっごく口《くち》うるさいの。言《い》いかえしたら怒《おこ》られてすぐバトルになっちゃう」

「えーっ。意外《いがい》。紗雪《さゆき》ちゃん、お母《かあ》さんに言《い》いかえしたりするんだ！」

メグが目《め》をまるくした。あたしも、ちょっと意外《いがい》。お母《かあ》さんとバトルだなんて。

カフェでの紗雪《さゆき》ちゃんママの、ふんわりあたたかい笑顔《えがお》を思《おも》いだす。

「紗雪《さゆき》ちゃんママ、あんなにおだやかでやさしそうなのに、怒《おこ》ったりするんだ」

「あれは、千歌《ちか》ちゃんたちの前《まえ》だったからだよ！　怒《おこ》ったらすっごくこわいんだから」

むきになる紗雪《さゆき》ちゃん。

でも、と言《い》おうとして、口《くち》をひらいたとき。

「……まって。ちょっと、まって」

メグのかたい声《こえ》。

はっとして、メグを見《み》た。

メグの顔《かお》から笑《え》みが消《き》えている。

「千歌《ちか》、紗雪《さゆき》ちゃんのお母《かあ》さんと、会《あ》ったの？」

はっとした。紗雪《さゆき》ちゃんちのカフェに、メグはまだいっていない……。

さそわれたのは、渚《なぎさ》くんと悠斗《ゆうと》くんもいっしょだったから。

渚《なぎさ》くんと紗雪《さゆき》ちゃんのことばかり気《き》にかけて。

メグもさそうだなんて、思《おも》いつきもしなかった……。

「あの、ね」

紗雪《さゆき》ちゃんがメグの腕《うで》にそっと手《て》をかけた。

「わたしの家《いえ》、カフェで。千歌《ちか》ちゃんを招待《しょうたい》したのはわたしなの」

「千歌《ちか》、……だけ？」

紗雪《さゆき》ちゃんは、あたしの顔《かお》を見《み》た。

渚《なぎさ》くんのことを、話《はな》すわけにはいかないんだよね？　って、その目《め》が言《い》っている。

あたし……、なにも言《い》えない。

「メグちゃんも、うちにきて」

紗雪《さゆき》ちゃんの声《こえ》がかすれている。

メグは首《くび》を横《よこ》にふった。

「そんなこと思《おも》ってないくせに。あたしのことは、さそいたくなかったんでしょ？」

「そんな……！」

「最近《さいきん》、ずっと、ふたりでこそこそないしょ話《ばなし》してるじゃん。なに？　あたしの悪口《わるくち》言《い》ってんの？」

「ちがうよ！」

思《おも》わず、大《おお》きな声《こえ》がでた。

教室《きょうしつ》のみんなの視線《しせん》が、いっせいにあたしたちに集《あつ》まる。

メグはまっすぐにあたしをみつめた。

「あたしが、じゃまなの？」

メグの声《こえ》がふるえている。メガネの奥《おく》の目《め》が赤《あか》い。

メグ、泣《な》いてる……。

メグはがたんと音《おと》をたてて立《た》ちあがった。

「具合悪《ぐあいわる》いから、保健室《ほけんしつ》にいってくる」

「メグ！」

あたしに背《せ》をむけたメグの手《て》を、とっさにつかむ。

でも、メグは。すぐに、あたしの手《て》をふりはらった。

逃《に》げるように教室《きょうしつ》をでていく、メグ。
しんとしずまりかえった教室《きょうしつ》。
チャイムが、鳴《な》った。
1時間目《じかんめ》。授業《じゅぎょう》はさっぱり頭《あたま》にはいってこない。
あたしは、からっぽになったメグの席《せき》をずっとみつめている。
メグがあんなふうに泣《な》くの、はじめて見《み》た……。
あたしたち、メグを仲間外《なかまはず》れになんてするつもりはなかった。
悪口《わるくち》なんて、言《い》うはずない。
でも、メグにはないしょの話《はなし》をしていたのは、事実《じじつ》。

メグを不安《ふあん》にさせてしまったのは、あたしなんだ……。

休《やす》み時間《じかん》になると、メグは保健室《ほけんしつ》からもどってきた。

まっさきに、メグの席《せき》へ。

「メグっ……！」

メグはあたしのほうを見《み》ようともしない。

「誤解《ごかい》だよ。かんちがいだよ。あたしと紗雪《さゆき》ちゃんは……」

メグはすっと立《た》ちあがると、教室《きょうしつ》からでていった。

口《くち》もきいてくれない。目《め》も合《あ》わせてくれない。

つぎの休《やす》み時間《じかん》も、あたしと紗雪《さゆき》ちゃんはさけられつづけた。

教室移動《きょうしついどう》も、あたしたちをおいて、ひとりでいってしまう。

どうしよう……。いままでずっといちばんの仲《なか》よしだったのに。

こんなふうになってしまうなんて。

お昼休《ひるやす》み。泣《な》きそうな気持《きも》ちで、机《つくえ》にふせっていると、紗雪《さゆき》ちゃんがやってきて、そっと、あたしの手《て》にふれた。

「ごめんね、千歌《ちか》ちゃん。わたしのせいだ。わたしが、仲《なか》よしだったふたりの間《あいだ》に割《わ》りこんじゃったから……」

紗雪《さゆき》ちゃんも、いまにも泣《な》きだしそう。

あたしは、だまって、首《くび》を横《よこ》にふった。

そんなあたしたちふたりの前《まえ》に、すっと、せりながあらわれた。

「そうよ。よくわかってるじゃない。立花《たちばな》さんのせいよ」

ゆるくカールのついた長《なが》い髪《かみ》を、手《て》ではらう。

「鳴沢《なるさわ》さんたち、どういうつもりで立花《たちばな》さんと仲《なか》よくしてるんだろうって思《おも》って見《み》てたけど、仲《なか》間割《まわ》れとはね」

その言《い》いかたに、かちんときた。

「ふ、藤宮《ふじみや》さんには関係《かんけい》ないじゃない」

「まあね。たしかに関係《かんけい》ないけど？」

せりなは腕組《うでぐ》みをして、あたしと紗雪《さゆき》ちゃんを、交互《こうご》に見《み》やった。

「相原《あいはら》さんがかわいそう、って思《おも》っただけ」

紗雪《さゆき》ちゃんは青《あお》ざめている。

せりなは、勝《か》ちほこったように笑《え》むと、あたしたちの前《まえ》から去《さ》った。

そして、そのまま教室《きょうしつ》をでていったから。

あたしは、とっさに追《お》いかけた。

「藤宮《ふじみや》さん……っ」

せりなは、立《た》ち止《ど》まって、ゆっくりとふりかえる。

「鳴沢《なるさわ》さんって、よく、自分《じぶん》のライバルと仲《なか》よくできるよね？」

「ラ、ライバル、って」

「あたしには無理《むり》」

「だ、だからって無視《むし》したり悪口《わるくち》言《い》うのは、ちがうと思《おも》う」

「誤解《ごかい》しないでよ？」

せりなは、ふうっ、とため息《いき》をついた。

「無視《むし》してるわけじゃないし。ただ、仲《なか》よくできそうにないから距離《きょり》おいてるだけ」

でも、クラスの女王《じょおう》のせりなが、そういう態度《たいど》でいると、ほかの女子《じょし》たちもみんな、せりなに合《あ》わせて同《おな》じ行動《こうどう》を取《と》ってしまう……。

あたしはね、と、せりなはつづけた。

「渚《なぎさ》くんと仲《なか》のいい女子《じょし》は、みーんな、気《き》に入《い》らない。もちろん、あなたのことだってそう」

冷《つめ》たい目《め》で、あたしをにらみつける。

「鳴沢《なるさわ》さんだって、立花《たちばな》さんのことむかつくくせに。がまんして仲《なか》よくしてるのに、あの子《こ》のせいで親友《しんゆう》にはきらわれちゃうし、さんざんじゃない。もう、立花《たちばな》さんとかかわるの、やめたら？」

がまんして、仲《なか》よくしてる……？

親友《しんゆう》に、きらわれた……？

せりなの言葉《ことば》が、ナイフみたいに、あたしの胸《むね》をえぐって。

痛《いた》くて、なにも言《い》いかえせない……。

9. 渚《なぎさ》くんのことば

頭《あたま》のなかが、ぐちゃぐちゃだよ。

メグに悲《かな》しい思《おも》いをさせた。せりなの言《い》うように、あたしのこと、きらいになっちゃったよね。

紗雪《さゆき》ちゃんのこともそう。

友《とも》だちだよ、大好《だいす》きだよって、胸《むね》をはって言《い》いきれない自分《じぶん》がいる。

あたし、最低《さいてい》だ。

「千歌《ちか》ちゃん、どうしたの？　ぜんぜん食《た》べてないじゃない」

みちるさんに話《はな》しかけられて、はっと顔《かお》をあげた。

「せっかくのすき焼《や》きなんだし。たっくさん食《た》べて！」

目《め》の前《まえ》のすき焼《や》き鍋《なべ》のなかで、ぐつぐつと音《おと》をたててお肉《にく》が煮《に》えている。

われにかえったあたしは、たまごをたっぷりからめて、お肉《にく》を口《くち》に入《い》れた。

「うまいだろう？　千歌《ちか》。すき焼《や》き、ひさしぶりだもんな」

パパが笑《わら》う。

今夜《こんや》は、こたつにカセットコンロをおいて、みんなですき焼《や》き。……なんだけど。

「鍋《なべ》の季節《きせつ》、到来《とうらい》だな。家族《かぞく》みんなでかこむと、いちだんとうまく感《かん》じるなあ。なっ、悠斗《ゆうと》くん」

上機嫌《じょうきげん》のパパに話《はな》しをふられて、悠斗《ゆうと》くんは、「そうですね」とほほえんだ。

「千歌《ちか》。ほら、どんどん食《く》えよ」

となりに座《すわ》っている渚《なぎさ》くんが、あたしのおわんに、しいたけと春菊《しゅんぎく》をどさどさ入《い》れる。

「こらっ！　渚《なぎさ》！　自分《じぶん》がきらいなものばっかり、千歌《ちか》ちゃんに押《お》しつけないの！」

「バレたか」

渚《なぎさ》くんはすずしい顔《かお》で舌《した》をだした。

もそもそと、春菊《しゅんぎく》を食《た》べる。

「………苦《にが》い」

苦《にが》くて。苦《くる》しくて。鼻《はな》の奥《おく》がつんとするよ。

「ちょ、おい、千歌《ちか》？」

渚《なぎさ》くんの声色《こわいろ》がかわった。

やだ。あたし、泣《な》きそうになってた……。

「千歌《ちか》ちゃん、そんなに春菊《しゅんぎく》きらいなの？」

みちるさんが心配《しんぱい》している。

「ちがうの。ごめんなさい。実《じつ》は、ごはんの前《まえ》にこっそりおやつを食《た》べちゃって、おなかがいっぱいなんだ」

ひといきに言《い》って、ぺこんと頭《あたま》をさげた。

「ごめんなさい。せっかくのすき焼《や》きなのに」

胸《むね》がふさがって、ちっとも箸《はし》がすすまないの。

ごちそうさまを言《い》って、自分《じぶん》の食器《しょっき》をかさねた。

はやく自分《じぶん》の部屋《へや》にいこう。みんなの前《まえ》で泣《な》きたくない。

ひとりになりたい。


部屋《へや》にもどったら、出窓《でまど》のカーテンが風《かぜ》にあおられてゆれていた。

あたし、うっかり窓《まど》をあけっぱなしにしちゃってたんだ。

窓《まど》の外《そと》の、冬《ふゆ》の夜空《よぞら》を見《み》あげる。空気《くうき》がさえて、まるい月《つき》のりんかくが、くっきりと光《ひか》っている。星《ほし》たちも、きらきらとまたたいている。

ぼんやりと、ながめていた。冷《つめ》たい夜風《よかぜ》になぶられて、肌《はだ》がぴりぴりと痛《いた》い。

「メグ……」

メグと仲《なか》よくなったのは、3年生《ねんせい》のとき。おたがいまんがが好《す》きで、絵《え》を描《か》くのが好《す》きで。いっしょにノートをひろげて、らくがきをして遊《あそ》んだっけ。

メグの家《いえ》にも泊《と》まりにいった。はしゃぎすぎて眠《ねむ》れなくて、いつまでもおしゃべりしたな……。

もう、もどれないの？

もう、二度《にど》と、メグといっしょに笑《わら》いあえないの？

涙《なみだ》が、せりあがってくる。月《つき》も、星《ほし》も、どんどんにじんでいく。

背後《はいご》で、かちゃりと、ドアの開《ひら》く音《おと》がした。

あわてて涙《なみだ》をふいて、ふりかえる。

渚《なぎさ》くんが、ドアのそばに立《た》っていた。

「千歌《ちか》。……なんで、泣《な》いてんの？」

「泣《な》いてなんか……」

「目《め》、赤《あか》いし。鼻声《はなごえ》だし。夕《ゆう》ごはんのときも、ようすがおかしかった」

「………」

渚《なぎさ》くんは窓辺《まどべ》にいるあたしのとなりにきた。

「ずっと気《き》がかりだったんだけど。おまえ、相原《あいはら》と、なにかあった？」

まっすぐにあたしの目《め》を見《み》て、渚《なぎさ》くんは言《い》った。

「なんで」

それを……。

「朝《あさ》。なんか、もめてたろ？　すげー目立《めだ》ってたから」

そうだった。あのとき、あたしが大《おお》きな声《こえ》をだしてしまったせいで、クラス中《じゅう》の注目《ちゅうもく》を集《あつ》めてしまったんだった。

「ちょっと。ケンカ、っていうか。あたしが悪《わる》いんだけど……」

そう答《こた》えて、渚《なぎさ》くんから目《め》をそらす。

「歯《は》ぎれ悪《わる》いな。おまえが相原《あいはら》を怒《おこ》らせるようなことしたわけ？」

「そんなつもりはなかった。だけど……」

「だけど？」

「あたしと紗雪《さゆき》ちゃんが、メグのことを仲間《なかま》はずれにしてる、って、誤解《ごかい》したみたい」

「誤解《ごかい》、なんだな？」

こくりと、うなずいた。

「じゃあ、相原《あいはら》に説明《せつめい》するしかないんじゃないか？」

「それができたら、こんなに悩《なや》まないよ！」

さけられているし。それに。

ぜんぶ説明《せつめい》しようとしたら、渚《なぎさ》くんのことも、紗雪《さゆき》ちゃんがひみつを知《し》っていることも、話《はな》さなくちゃいけなくなる。

渚《なぎさ》くんを好《す》きになったことも。渚《なぎさ》くんと紗雪《さゆき》ちゃんのきずなを思《おも》うと、つらくてどうしようもなくなることも。

紗雪《さゆき》ちゃんをきらいになってしまいそうな、最低《さいてい》な自分《じぶん》のことも。

「あたし。メグに、これ以上《いじょう》、きらわれたくないんだ。誤解《ごかい》をとくには、自分《じぶん》のいやなところを見《み》せなくちゃいけなくなるから」

「いやなところ、……か」

渚《なぎさ》くんはつぶやいた。

「千歌《ちか》の言《い》う、『自分《じぶん》のいやなところ』って、なんなのか、わかんねーけど」

冷《つめ》たい夜風《よかぜ》がふいて、渚《なぎさ》くんの前髪《まえがみ》がゆれる。

「信《しん》じてみれば？　相原《あいはら》のこと」

信《しん》じる……？

「じつは、さ。おれも、チームの友《とも》だちと、もめたことがあって。もめたっつーか、おれが悪《わる》いんだけど」

渚《なぎさ》くんは、きまり悪《わる》そうに、首《くび》のうしろをかいた。

「去年《きょねん》のことだけど。ケガして、しばらく練習《れんしゅう》できなかった時期《じき》があってさ。もちろん、試合《しあい》も出《で》れなくて。ちょっと……いらいらしてて」

渚《なぎさ》くんが、いっしょうけんめい、言葉《ことば》を探《さが》してつないでいるのがわかる。

あたしはそんな渚《なぎさ》くんの横顔《よこがお》を、みつめた。

「もめたのは、チームでいちばん仲《なか》のいい奴《やつ》で。小《ちい》さいときからいっしょにプレーしてる仲間《なかま》。おたがい負《ま》けたくないって思《おも》ってる、ライバルでもある。おれが休《やす》んでる間《あいだ》に、あいつはどんどんうまくなってて、かがやいててさ。それが、おもしろくなくて。あたってしまった。嫉妬《しっと》、ってやつ？」

「嫉妬《しっと》……」

ずきんと、胸《むね》がうずく。

「ねたましかったんだ。本当《ほんとう》は、応援《おうえん》するべきなのに。おれって最低《さいてい》だな。心配《しんぱい》してくれたあいつに、関係《かんけい》ねーよ、ほっといてくれって、どなった」

渚《なぎさ》くんは、ゆっくりとため息《いき》をついた。

「それから気《き》まずくなって。ケガが治《なお》ってチームの練習《れんしゅう》に復帰《ふっき》しても、雰囲気悪《ふんいきわる》いままでさ。ずっと後悔《こうかい》してたのに、なんでさっさと謝《あやま》れなかったんだろう」

「それで……。どうなったの？」

「思《おも》いきって、ぜんぶ話《はな》した。おまえをねたましく思《おも》ってた、ごめん、って。そうする以外《いがい》に方《ほう》法《ほう》ねーだろ？」

「きらわれるって、思《おも》わなかった？」

「思《おも》ったけど。でも、あいつなら……。わかってくれるんじゃないかって気持《きも》ちも、……あった。かな」

「わかってくれたの？」

「ま、な。自分《じぶん》が同《おな》じ立場《たちば》なら、同《おな》じ気持《きも》ちになってたかもしれないって、言《い》ってくれた」

「……いい友《とも》だちだね」

まあな、と、渚《なぎさ》くんはぶっきらぼうに言《い》うと、ほおをかいた。

メグも、わかってくれるかな。

あたしも、渚《なぎさ》くんみたいに、きちんと自分《じぶん》の気持《きも》ちをつたえる努力《どりょく》をしないといけないんだ。

勇気《ゆうき》をださなきゃいけないんだ。

「あー。なんでおれ、こんな話《はなし》。妹《いもうと》に弱《よわ》み見《み》せるつもりなかったんだけどなー」

渚《なぎさ》くんは、きまり悪《わる》そうにつぶやくと、

「ってか、なんでさっきからあけっ放《ぱな》しなんだよ。寒《さむ》いし」

急《きゅう》にあわてて、がらりと、窓《まど》をしめた。

もしかして、照《て》れてる……？

「なんだよ。じっと見《み》んなよ」

「ご、ごめんっ」

渚《なぎさ》くん。ありがとう。

かちこちにこわばっていたこころが、ぬくもって、ほぐれていく。

あたし、決《き》めた。メグに、ちゃんと話《はな》すよ。

10・ぜんぶ、話《はな》すよ

とはいえ、学校《がっこう》でのメグは、とりつくしまもない。
紗雪《さゆき》ちゃんもいっしょにいるから、なおさら、ふたりになれるチャンスがつくれない。
もどかしい思《おも》いをかかえたまま、あっという間《ま》に6時間目《じかんめ》が終《お》わってしまった。
帰《かえ》りの会《かい》が終《お》わり、全員《ぜんいん》でさよならのあいさつをする。
みんな、それぞれに教室《きょうしつ》をでていく。
メグも。
そのうしろすがたを見《み》た瞬間《しゅんかん》、あたしは立《た》ちあがり、メグを追《お》いかけた。
「メグっ……！」
メグの肩《かた》が、一瞬《いっしゅん》ぴくっとはねる。けれど、ふりかえらずに、階段《かいだん》をおりていく。
「待《ま》って、メグ、待《ま》って！」
なりふりかまわずに、さけんだ。

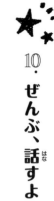

「話《はなし》をきいて……！」

踊《おど》り場《ば》で、メグはようやく立《た》ち止《ど》まってくれた。だけど。

「あたし、今日《きょう》、早《はや》く帰《かえ》んないといけないから」

つめたく言《い》い放《はな》たれる。

「じゃ、じゃあ……。4時《じ》。4時《じ》に、すずめ公園《こうえん》にきて。待《ま》ってる」

「あたし、いかないよ？」

「でも、待《ま》ってる。メグがくるまで、待《ま》ってる」

メグはなにも言《い》わず、階段《かいだん》を駆《か》けおりていった。


「さむ……っ」

空気《くうき》がつめたい。思《おも》わずつぶやくと、あたしは、両手《りょうて》をこすりあわせた。

すずめ公園《こうえん》は、学校《がっこう》のすぐそばにある児童公園《じどうこうえん》。

ペンキのはげかけたベンチに座《すわ》って、あたしはずっと、メグを待《ま》っている。

「夕焼《ゆうや》け小焼《こや》け」のメロディが流《なが》れだした。5時《じ》を知《し》らせる音楽《おんがく》。

もう1時間《じかん》たったんだ。

「メグ……。やっぱりきてくれないのかな」

不安《ふあん》がつのっていく。

空《そら》はオレンジ色《いろ》に染《そ》まっている。冬《ふゆ》は、日《ひ》がおちるのがはやい。

砂場《すなば》で遊《あそ》んでいた、小《ちい》さい子《こ》とママたちも帰《かえ》っていった。

話《はなし》すら、きいてもらえないのかな。メグはそれほどまでに、あたしのことをきらいになってしまったのかな。

どんどん、心《こころ》がしぼんでいく。

やっぱり、今日《きょう》はもう帰《かえ》ろうか。

花《はな》も葉《は》もない、桜《さくら》のはだかの枝《えだ》が、風《かぜ》にふかれて寒《さむ》そうにゆれている。

ため息《いき》をついて、ふと視線《しせん》を下《した》に落《お》とすと、バッグにつけたまゆげパンダのキーホルダーが、目《め》に入《はい》った。

渚《なぎさ》くん。

——信《しん》じてみれば？　相原《あいはら》のこと。

渚《なぎさ》くんはきのう、そんなふうに言《い》ってくれた。

きゅっと、くちびるを引《ひ》き結《むす》ぶ。

信《しん》じて、みる。

メグはきっとくる。あたしたち、ずっといっしょだったのに、こんなかたちで離《はな》ればなれになるなんて、ぜったいにいやだ。

メグにも、ほんの少《すこ》しでも、あたしと前《まえ》みたいに仲《なか》よくしたいって気持《きも》ちが残《のこ》っていれば。きっときてくれる。あたしの話《はなし》を、きいてくれる。

オレンジ色《いろ》だった空《そら》は、あっという間《ま》に、あわいすみれ色《いろ》に変《か》わっていった。

かじかんだ指《ゆび》に、ふうっと、息《いき》をふきかけてあたためた。その息《いき》は、白《しろ》い。

白《しろ》い月《つき》がのぼって、一番星《いちばんぼし》もかがやいている。

いま、何時《なんじ》なんだろう。家《いえ》のみんな、心配《しんぱい》しているかな……。

そんな気持《きも》ちが、ふとよぎった瞬間《しゅんかん》。

「千歌《ちか》！」

声《こえ》がきこえた。あわててベンチから立《た》ちあがる。

「千歌《ちか》っ！」

メグ。メグがきてくれた。

まっすぐに、あたしのもとへ走《はし》ってくる。

「メグ。ありがとう、きてくれて」

「……まさか、まだ待《ま》ってるわけないよね、って思《おも》ってた。だけど気《き》になって……。きてみたら、いるんだもん」

「だって。どうしても、会《あ》いたくて」

「……ばか。また、風邪《かぜ》ひくよ?」

メグの目《め》に、涙《なみだ》がうかんでいる。

胸《むね》がいっぱいになって、思《おも》わず、メグを抱《だ》きしめた。

「ごめんね」

自然《しぜん》と、言葉《ことば》が口《くち》をついてでていた。

「ごめんね、メグ。メグ大好《だいす》き。信《しん》じて。メグは大事《だいじ》な友《とも》だち」

「わかった。わかったから、はなして。苦《くる》しいから」

「ご、ごめんっ」

あわてて、メグから離《はな》れた。メグはメガネをはずして、涙《なみだ》を指《ゆび》でぬぐっている。

あたしは、じっと、そんなメグをみつめた。

「あたしね、ずっと、メグにかくしていたことがある。思《おも》いきってうちあけたいって思《おも》って呼《よ》び

だしたの」

すうっと、息《いき》を吸《す》いこむ。

「あのね。実《じつ》は、パパが再婚《さいこん》したんだ」

メグの眉《まゆ》が、ぴくりと動《うご》いた。

「で。その、再婚相手《さいこんあいて》っていうのが……。高坂渚《こうさかなぎさ》くんの、ママなんだ」

「こ、高坂《こうさか》？　って、あの？」

あたしはうなずく。

「夏《なつ》から、いっしょに暮《く》らしてる。藤宮《ふじみや》さんたちがこわくて、だれにも言《い》ってないの。苗字《みょうじ》もいままで通《どお》りにしてるし、先生《せんせい》たちも、渚《なぎさ》くん本人《ほんにん》もひみつにしてくれてる」

メグはおどろいてぽかんと口《くち》をあけていたけど、すぐに気《き》をとり直《なお》して、ずれたメガネをもどした。

「マジで……。ていうか、あたしには、話《はな》してくれればよかったのに……」

メグの顔《かお》がさびしげにくもる。ごめんね。

「はずかしかったんだ。渚《なぎさ》くんってもてるし、それに……」

かあっと、顔《かお》が熱《あつ》くなる。

言葉《ことば》につまった。メグに、いままで、自分《じぶん》の恋《こい》の話《はなし》なんてしたことがない。

メグはこほんとせきばらいした。

「高坂《こうさか》のことはわかった。でも、千歌《ちか》と紗雪《さゆき》ちゃんは、どうしてこそこそ、ないしょ話《ばなし》してたの？　高坂《こうさか》の話《はなし》と関係《かんけい》なくない？」

「関係《かんけい》、……あるんだ」

じっと、メグの目《め》をみつめる。

「あたしと紗雪《さゆき》ちゃんが話《はな》していたのは、渚《なぎさ》くんのことだから」

「………？」

「紗雪《さゆき》ちゃんは知《し》ってるの。あたしと渚《なぎさ》くんが、いっしょにくらしてること」

声《こえ》がかすれる。のどがからからにかわいて、痛《いた》いぐらい。

「なんで、紗雪《さゆき》ちゃんだけ……。あたしは知《し》らなかったのに、あの子《こ》だけ……」

「ちがうの！」

メグの言葉《ことば》をあわててさえぎった。

「渚《なぎさ》くんが話《はな》しちゃったんだ。あたしにだまって、勝手《かって》に、紗雪《さゆき》ちゃんに、ひみつをうちあけちゃったの。渚《なぎさ》くんって、むかし、紗雪《さゆき》ちゃんとすごく仲《なか》がよかったから」

説明《せつめい》しているうちに、どんどん、胸《むね》がしめつけられてきて。鼻《はな》の奥《おく》が、つんと痛《いた》む。

「渚《なぎさ》くんと紗雪《さゆき》ちゃん……。たぶん、両想《りょうおも》いだから……」

認《みと》めたくない。認《みと》めたくないけど、きっと、それが真実《しんじつ》。

わかっていたけど、はっきり言葉《ことば》にすると、それは重《おも》くて固《かた》い石《いし》みたいに、あたしの胸《むね》にしずみこんで、苦《くる》しくて、どうしようもない。

「……千歌《ちか》……」

メグがあたしの名前《なまえ》を呼《よ》ぶ。その声《こえ》が、いつもよりやわらかい。

「千歌《ちか》。その、ちがってたらごめん。千歌《ちか》って、もしかして、高坂《こうさか》のこと」

ゆっくりと、うなずいた。

「好《す》き。好《す》きになっちゃった。バカだよね、あたしみたいな目立《めだ》たない子《こ》が、あんなモテモテの男子《だんし》のこと」

あらためて口《くち》にすると、あたしって、なんて身《み》のほど知《し》らずなんだろう。

……だけど。だけどね。

「渚《なぎさ》くんって、やさしいんだ。あたしは近《ちか》くにいるから知《し》ってるの。だけど、紗雪《さゆき》ちゃんも知《し》ってた。渚《なぎさ》くんのこと、あたしなんかより、ずっとずっと、たくさん知《し》ってる」

メグはなにも言《い》わない。泣《な》いてしまいそうになるけど、ぐっとこらえる。

メグ。あたしのことを、きらいにならないで。

「あたしずっと。ずっと、もやもやしてた。紗雪《さゆき》ちゃんに声《こえ》をかけて、友《とも》だちになろうときめたのはあたしなのに。紗雪《さゆき》ちゃんのことが、ねたましくて……」

最低《さいてい》だよね。

うなだれているあたしの頭《あたま》に、やわらかいものがふれる。

「メグ……？」

メグが、あたしの頭《あたま》をなでている。

「頭《あたま》ポンポンってさ。イケメンがやると絵《え》になるんだけど、悪《わる》いね。あたしみたいなオタクメガネ女子《じょし》で」

メグの鼻《はな》の頭《あたま》が、うっすら赤《あか》くなっている。

「その。……つらかったんだね、千歌《ちか》」

ぼそぼそと、メグは言《い》った。

「わかるよ、少《すこ》しだけ。だってあたしもねたましかったから」

「メグ……？」

「あたしも、紗雪《さゆき》ちゃんにもやもやしてた。千歌《ちか》をとられたみたいで……」

みるみるうちに、赤《あか》くなっていく、メグ。

「とられた……？」

「あたし、千歌《ちか》は紗雪《さゆき》ちゃんに夢中《むちゅう》で、あたしのことが邪魔《じゃま》になったんだって、そう思《おも》ってた。悪《わる》い想像《そうぞう》がどんどんふくらんでとめられなかった。千歌《ちか》は前《まえ》からあたしのことがきらいだったんじゃないかな、とか。紗雪《さゆき》ちゃんといっしょに悪口《わるくち》言《い》ってるのかなとか」

「そんなことないよ！　ぜったいに、それはちがう」

「うん。でも。千歌《ちか》だけが紗雪《さゆき》ちゃんのカフェにいったって知《し》ったときは、さすがに」

「そのことなんだけど。渚《なぎさ》くんと悠斗《ゆうと》くんもいっしょだったの。むしろあたしはおまけ。渚《なぎさ》くんと紗雪《さゆき》ちゃんの話《はなし》に入《はい》っていけなかったし、正直《しょうじき》、……いくんじゃなかった、って」

紗雪《さゆき》ちゃんはあんなによろこんでくれたのに。

「あたし、ひどいよね」

沈黙《ちんもく》がおりる。

やがて、メグが、「……そっか」と、つぶやいた。

「そっか。千歌《ちか》もせつないね」

「ん」

「なんかさ。最近《さいきん》、千歌《ちか》、変《か》わったから。なにかあったのかなって思《おも》ってたんだよね」

「変《か》わった……？」

「うん。きゅうにまんがをがんばりだしたり。藤宮《ふじみや》さんを敵《てき》にまわすってわかってても、紗雪《さゆき》ちゃんに声《こえ》をかけたり。なんか、そういうのもあって、あたし、おいてかれたくないなって、あせってた」

メグ……。

メグは、あははっ、と、笑《わら》った。

「そっかー。ぜんぶ恋《こい》のチカラだったのかー」

「恋《こい》のチカラって……。はずかしいよ」

「だってそうじゃん。千歌《ちか》、高坂《こうさか》を好《す》きになって、よかったね。たとえ紗雪《さゆき》ちゃんに負《ま》けてもさ。千歌《ちか》、前《まえ》よりだんぜんいい。いまのほうがいい」

「いやな気持《きも》ち、いっぱいかかえてる、こんなあたしでも……？」

「もちろん！」

メグは、にっかり笑《わら》った。

11・好《す》きなひとは、だれ？

メグのこと、信《しん》じて、待《ま》ってよかった。
前《まえ》よりも、もっともっと、メグと強《つよ》くつながっている気《き》がする。
帰《かえ》ったら、まっさきに、渚《なぎさ》くんにつたえたかった。仲直《なかなお》りできたよ、って。
だけど、今日《きょう》はサッカーの練習《れんしゅう》の日《ひ》で、渚《なぎさ》くんはもう家《いえ》をでたあとだった。
しょうがない。でも、明日《あした》はぜったいにお礼《れい》を言《い》おう。
ごはんとお風呂《ふろ》をすませて、寝《ね》る準備《じゅんび》をして、ベッドに入《はい》る。
メグの言《い》うように、あたし、渚《なぎさ》くんに恋《こい》して、変《か》わったのかな……？
目《め》をとじると、まぶたのうらに、渚《なぎさ》くんの笑顔《えがお》がうかんだ。
サッカーボールを追《お》いかけているときの顔《かお》。
あたしをからかっているときの、得意《とくい》げな顔《かお》。
やっぱり、好《す》き。

渚《なぎさ》くんが紗雪《さゆき》ちゃんのことを好《す》きでも。たとえ、ふたりが彼氏彼女《かれしかのじょ》になっても。

この気持《きも》ちは、とめられない……。

だけど、メグがぜんぶ聞《き》いてくれたおかげで、だいぶ、こころが軽《かる》くなった。

せつないね、わかるよ、って、言《い》ってくれて。受《う》け止《と》めてくれて、ありがとう。

話《はな》せてよかった。

ひとりでかかえこんでいるのって、自分《じぶん》で思《おも》っているより、しんどかったんだ。

そんなことを考《かんが》えているうちに、すうっと、眠《ねむ》りの世界《せかい》に落《お》ちていった……。


「おい！　千歌《ちか》。起《お》きろ」

呼《よ》ばれて、ぱちりと目《め》をあける。

な、渚《なぎさ》くん！　渚《なぎさ》くんがいる。しかもあきれ顔《がお》。

がばりと身《み》を起《お》こす。渚《なぎさ》くんがあたしを起《お》こしにきたということは……。

おそるおそる、壁掛《かべか》け時計《どけい》を見《み》やる。

「きゃああっ！　もうこんな時間《じかん》っ！」

寝《ね》すぎてしまった！

「ダッシュでメシ食《く》ってダッシュで用意《ようい》してダッシュで学校《がっこう》こいよ？　おれはもういくから。じゃーな」

ひらひらと手《て》をふると、渚《なぎさ》くんはでていった。

うう……。またもや、寝起《ねお》きのぼさぼさ頭《あたま》を見《み》られてしまった。

あたしの寝坊《ねぼう》ぐせばっかりは、恋《こい》のチカラでも、直《なお》らないみたい。

ダッシュでごはん食《た》べてダッシュで用意《ようい》してダッシュで学校《がっこう》にいったら、予鈴《よれい》と同時《どうじ》にすべりこみ！

ぎりぎり、まにあったよ。

メグの席《せき》を見《み》やる。メグは、にまにま笑《わら》いながら、机《つくえ》を指差《ゆびさ》すジェスチャーをしている。

なに？　自分《じぶん》の引《ひ》きだしを見《み》てみると、手紙《てがみ》が入《はい》っている！

どきどきしながら開《ひら》く。朝《あさ》の会《かい》がはじまって、先生《せんせい》が話《はな》している間《あいだ》、こっそりと読《よ》んだ。

――きのうは寒《さむ》いなか待《ま》たせてごめんね。千歌《ちか》が、いろいろうちあけてくれてうれしかった。

朝《あさ》、紗雪《さゆき》ちゃんとも話《はな》したよ。千歌《ちか》にぜんぶ聞《き》いたって言《い》ったら、うれしそうな顔《かお》してた。

P.《ピー》S.《エス》　寝坊《ねぼう》はしないように。

にんまりと、ほおがゆるんでしまう。

また、3人《にん》で仲《なか》よくできそうで、うれしい！

お昼休《ひるやす》み、メグと紗雪《さゆき》ちゃんと3人《にん》で、中庭《なかにわ》にいった。

ちょっと寒《さむ》いけど、今日《きょう》は天気《てんき》もいいし、ここならだれにも会話《かいわ》を聞《き》かれない！

花壇《かだん》のそばのベンチに腰《こし》かける。

「さっそくだけど、くわしく聞《き》きたいな。高坂渚《こうさかなぎさ》との同居《どうきょ》のこと！」

メグの目《め》が、好奇心《こうきしん》でらんらんとかがやいている。

「うっかり脱衣所《だついじょ》でニアミスとか、そういうの、ないのっ？」

メグのいきおいに、あたしはちょっとひるんでしまった。

「脱衣所《だついしょ》でも、お風呂《ふろ》でも、ニアミスはないよ。めちゃくちゃ気《き》をつけてるもん」

「なーんだ」

「なんで残念《ざんねん》そうにしてるの？　あ、でも渚《なぎさ》くん、あたしの部屋《へや》にいきなり入《はい》ってくる」

「えーっ！」

「今朝《けさ》も、あたしがいつまでも寝《ね》てるから、起《お》こされちゃったし。もうサイアク」

「や、やばいって！　心臓止《しんぞうと》まるでしょそれ！」

メグのテンションは最高潮《さいこうちょう》。

紗雪《さゆき》ちゃんは、そんなあたしたちのやりとりを見《み》て、くすくすと笑《わら》っている。

紗雪《さゆき》ちゃん、こんな話《はなし》、聞《き》きたくないんじゃないかな？

だって紗雪《さゆき》ちゃんは、渚《なぎさ》くんのこと……。

「ところでさ」

メグが、こほんとせきばらいした。

「高坂渚《こうさかなぎさ》のお兄《にい》さんは、高坂悠斗《こうさかゆうと》さまだよね？　元児童会長《もとじどうかいちょう》の。一説《いっせつ》には、ファンクラブも存在《そんざい》していたとか、なんとか」

「ファンクラブなんてあったの？」

ていうか高坂悠斗《こうさかゆうと》さま、って。

「あくまでうわさだけどね。で、どうなの。悠斗《ゆうと》さまは」

「めちゃくちゃやさしいけど……」

あたしがそう言《い》ったつぎの瞬間《しゅんかん》、メグはとろけた。

「ふわ〜〜。やさしいって〜。いいなあ〜。超《ちょう》うらやましい〜」

「メ、メグ？　メグって悠斗《ゆうと》くんファンだったの？」

「言《い》ってなかったっけ？　ファンだよっ。だって三次元《さんじげん》とは思《おも》えないうるわしさじゃん。リアル王子様《おうじさま》じゃん。マジで二次元《にじげん》の人《ひと》なんじゃないの？」

「に、二次元《にじげん》って……」

アニメのイケメンキャラに対《たい》するのと同《おな》じテンションだよ、メグってば。

「……ないよ」

小《ちい》さなつぶやきが聞《き》こえた。

紗雪《さゆき》ちゃん？

紗雪《さゆき》ちゃんが、きゅっと、くちびるをかみしめている。

「二次元《にじげん》の人《ひと》でもないし、王子様《おうじさま》でもないよ。ゆ、悠斗《ゆうと》くんは。だれにも悲《かな》しい顔《かお》やさびしい顔《かお》を見《み》せないように、だれよりもがんばっている人《ひと》なの……」

あたしとメグは、顔《かお》を見合《みあ》わせた。

「悠斗《ゆうと》くんは、ふつうの男《おとこ》の子《こ》だよ。わたし知《し》ってるもん。わたし、ちっちゃいときからずっと、ずっとそばで見《み》てたもん」

「紗雪《さゆき》ちゃん……。ごめんね？　あたし、つい、調子《ちょうし》にのっちゃってさ」

メグがやさしい声《こえ》になった。

「その。聞《き》いてもいい？　紗《さ》雪《ゆき》ちゃんって、まさか」

紗《さ》雪《ゆき》ちゃんのほおが真《ま》っ赤《か》にそまる。

「悠《ゆう》斗《と》くんが好《す》きです……。引《ひ》っ越《こ》して離《はな》ればなれになっても、ずっとわすれられなかったの。

ずっと思《おも》いつづけていたの」

紗《さ》雪《ゆき》ちゃんは両《りょう》手《て》で顔《かお》をおおった。

「は、はずかしいよう……」

…………。

…………。

「え、え、ええ〜〜〜っ！」

あたしは、つい、さけんでしまった！

「そ、そんなにびっくりしなくても……。ますますはずかしくなるよっ」

紗《さ》雪《ゆき》ちゃんは、顔《かお》をおおったまま、両《りょう》足《あし》をじたばたさせた。

「ご、ごめん。あたし、てっきり、紗《さ》雪《ゆき》ちゃんの好《す》きな人《ひと》は渚《なぎさ》くんだって思《おも》ってたから……」

そう言《い》うと、

「ち、ちがうよっ。渚《なぎさ》くんには、どきどきしたり、きんちょうして話《はな》せなくなったりしないもん。

あくまで、だいじな友《とも》だちのひとり、だよ」

紗雪《さゆき》ちゃんはきっぱりと否定《ひてい》した。

そっか……。そうだったんだ……。

「じゃあ、あたしに渚《なぎさ》くんたちとのことを聞《き》いたり、カフェでおしゃれしていたのは……？」

「悠斗《ゆうと》くんのことを知《し》りたくて聞《き》いちゃったんだ。ごめんなさい。カフェにきてくれたときも、悠斗《ゆうと》くんにひさしぶりに会《あ》えるって思《おも》ったら、かわいくしていたくって。でも」

紗雪《さゆき》ちゃんはしゅんとして、まゆげをハの字《じ》にさげた。

「悠斗《ゆうと》くん、めちゃくちゃかっこよくなってたし。わたし、どきどきしすぎてぜんぜんしゃべれなかった。千歌《ちか》ちゃんはいいなあって思《おも》った。いっしょにくらしてるし」

顔《かお》をあげて、あたしの目《め》を、せつなげにみつめる。

「千歌《ちか》ちゃんがうらやましくて。せっかく仲《なか》よくなったのに、千歌《ちか》ちゃんが悠斗《ゆうと》くんのことを好《す》きになったらどうしようって、そんな心配《しんぱい》してた。ごめんね」

紗雪《さゆき》ちゃん……。

突然《とつぜん》、メグが、あはっ、と笑《わら》った。

「あはっ。はははっ」

「メ、メグちゃん……？」

「ご、ごめんっ。なんか、あたしたち3人《にん》、みんなそれぞれなやんでたんだな、って。あたしは千歌《ちか》を紗雪《さゆき》ちゃんにとられたって思《おも》いこんでたし。千歌《ちか》は千歌《ちか》で」

メグが、ちらっとあたしに視線《しせん》をやった。

あたしは、うなずく。

「ごめんね、紗雪《さゆき》ちゃん。あたしも、紗雪《さゆき》ちゃんにやきもちをやいていたの。あたし……。渚《なぎさ》くんのことが好《す》きだから。紗雪《さゆき》ちゃんと渚《なぎさ》くん、つきあうのかなとか……心配《しんぱい》してたんだ」

紗雪《さゆき》ちゃんの大《おお》きな目《め》が、さらに大《おお》きく、見開《みひら》かれる。

「千歌《ちか》ちゃん、そうだったの？　渚《なぎさ》くんのこと……」

こくりと、うなずいた。顔《かお》が熱《あつ》い。

メグにひきつづき、紗雪《さゆき》ちゃんにまで、うちあけてしまった。

ずっとひみつにしていた、あたしの片思《かたおも》い。

「いいなあ。ふたりとも。好《す》きな人《ひと》がいるって、どんな感《かん》じなのかなあ」

メグが夢見《ゆめみ》るようにつぶやいた。

「メグちゃんは、悠斗《ゆうと》くんのことは……」

紗雪《さゆき》ちゃんがおそるおそる聞《き》くと、メグはぶんぶんと首《くび》を横《よこ》にふった。

「あたしはただのファンだもん。ガチな恋《こい》じゃないよ！　だから紗雪《さゆき》ちゃんは心配《しんぱい》しないで」

そう言《い》って、からから笑《わら》った。

風《かぜ》がふく。冷《つめ》たい空気《くうき》が、ほてったほおに、心地《ここち》いい。

落《お》ち葉《ば》が舞《ま》いあがって、ちょうちょみたいにひらひらおどっている。

あたしだけじゃなかった。みんな、だれかに嫉妬《しっと》したり、もやもやしたり、不安《ふあん》になったり。

だれかを好《す》きになったら。ときには、そういう、いやな気持《きも》ちともつきあっていかなきゃいけないんだ。

でも、あたしはきっとだいじょうぶ。だって、話《はな》せる友《とも》だちがいるから。

ねえ、と、あたしは紗雪《さゆき》ちゃんの顔《かお》をのぞきこんだ。

「あたしたちも、紗雪《さゆき》ちゃんのこと、さゆ、って呼《よ》んでもいい？」

「うん！」

ぱあっと、笑顔《えがお》になる紗雪《さゆき》ちゃん。ううん、さゆ。

昼休《ひるやす》みがおわるまで、あたしたちは、わいわい、おしゃべりをつづけていた。

12・悠斗《ゆうと》くんのバースデー

放課後《ほうかご》も、３人《にん》でもりあがっていて、帰《かえ》るのがいつもより遅《おそ》くなってしまった。

「ただいまっ！」

いきおいよくドアをあけると、

「千歌《ちか》。ずいぶん遅《おそ》いな」

目《め》の前《まえ》に、渚《なぎさ》くん！

「ちょ、ちょっとね。渚《なぎさ》くんはいまからでかけるの？」

「まあな。友《とも》だちと、公園《こうえん》で練習《れんしゅう》してくる」

吸《す》いこまれそうな、大《おお》きな瞳《ひとみ》が、あたしをみつめている……。

どきどきして、頭《あたま》が、ぽーっとしちゃうよ……。

「なんだよ。おれの顔《かお》になんかついてる？」

渚《なぎさ》くんはわずかに眉《まゆ》をよせた。

「う、ううん。なにも」

やばい。あたし、恋《こい》モードが加速《かそく》している！　たくさん恋《こい》バナしちゃったせいかな。

「あ。千歌《ちか》。よかったな」

「え？　なにが？」

「相原《あいはら》と、楽《たの》しそうにしゃべってたじゃん。仲直《なかなお》りできたみたいだな」

「あっ……。き、気《き》づいてたんだ」

「そりゃ、同《おな》じクラスなんだし。いやでも目《め》に入《はい》るっつーの」

「い、いやでもってなに？　いやでも、って」

「べっつに、深《ふか》いイミはないけど？」

渚《なぎさ》くんはふふんと笑《わら》うと、「じゃーな」と言《い》って、でていった。

ぱたんとドアがしまる。

ありがとうって言《い》いたかったのに、つい、むきになってしまった。

はあーっ……。

それから。あたしは、自分《じぶん》の部屋《へや》で、ひさしぶりにまんがの続《つづ》きにとりかかった。

まだ、ネームという、設計図《せっけいず》の段階《だんかい》だけど、これができてないとはじまらない。

幼《おさな》なじみの話《はなし》を考《かんが》えるのはつらかったけど、もう、むきあえるかな。

集中《しゅうちゅう》して鉛筆《えんぴつ》をうごかしていると、あっという間《ま》に夕《ゆう》ごはんの時間《じかん》になった。

今日《きょう》のメインは、パパ特製《とくせい》のチーズクリームシチュー。あったまるし、何皿《なんさら》でもいけちゃう。

むかいの席《せき》にすわった悠斗《ゆうと》くんは、しずかに、スプーンを口《くち》に運《はこ》んでいる。

さゆの好《す》きな人《ひと》。なんだよなあ……。


「ごちそうさまでした」

みんなが食事《しょくじ》を終《お》えたあと。

悠斗《ゆうと》くんは立《た》ちあがり、さっそく、あいた食器《しょっき》をかさねはじめた。

「あっ、いいんだいいんだ。そのままで」

パパが悠斗《ゆうと》くんの手《て》をとめる。

「今日《きょう》はゆっくりしなさい。いつも悠斗《ゆうと》くんは家《いえ》のことを率先《そっせん》してやってくれるだろう？　そんなに気《き》をつかわなくてもいいんだよ」

「いえ、気《き》をつかってるとかじゃなくって、料理《りょうり》も片《かた》づけも好《す》きでてつだってるんです」

「まあまあ。とりあえず、今夜《こんや》の食器洗《しょっきあら》いは千歌《ちか》と渚《なぎさ》がやるから。なっ」

パパがあたしたちに片目《かため》をつぶった。

「えーっ」

渚《なぎさ》くんが顔《かお》をしかめる。

きょうだいなのに、このちがい……。

「しょうがねーな。千歌《ちか》、さっさと洗《あら》っちまうぞ」

「う、うん」

流《なが》しの前《まえ》にふたりならぶ。

渚《なぎさ》くんはうでまくりすると、ジャーッと、いきおいよくお湯《ゆ》を流《なが》した。

「あっ、そんなにたくさんだすと、もったいないよ」

「ケチケチすんなって」

あたしがまず、洗剤《せんざい》で食器《しょっき》の汚《よご》れを落《お》とす。つぎに渚《なぎさ》くんがあたしから食器《しょっき》をうけとり、お湯《ゆ》でその泡《あわ》をすすぐ。っていう、流《なが》れ作業《さぎょう》。

あたしたち、まるで新婚《しんこん》カップルみたい……！

なんてことを考《かんが》えて、ほわほわしていたら。

こつん。

渚《なぎさ》くんの腕《うで》があたしの腕《うで》にぶつかった。

どきんと心臓《しんぞう》がはねて、お皿《さら》を落《お》としそうになってしまった！

「なにやってんだよ。どんくせーな」

「ご、ごめん」

「ちゃんと手《て》もと見《み》てねーと。皿《さら》が割《わ》れて、手《て》、ケガしたらどうすんだよ」

「えっ……」

「まんが描《か》いてんだし。手《て》は大事《だいじ》だろ？」

ほら、と、渚《なぎさ》くんはあたしの手《て》からお皿《さら》をうばった。

お湯《ゆ》の流《なが》れる音《おと》と、たちのぼる湯気《ゆげ》。

渚《なぎさ》くん。気《き》づかってくれたんだよね？

「おーい。ちゃんとできてるか？」

ひょっこり、パパがあらわれて、あたしはつい、びくっとしてしまった。

せっかく、ふたりだけの時間《じかん》だったのに。パパったら空気《くうき》読《よ》んでよ。

……なんて、もちろん言《い》えるわけがない。

「ところで、ふたりに相談《そうだん》なんだが」

パパが声《こえ》をひそめる。渚《なぎさ》くんが、きゅっと蛇口《じゃぐち》をひねってお湯《ゆ》をとめた。

「11日《にち》。悠斗《ゆうと》くんの誕生日《たんじょうび》なんだって？」

「えっ、そうなの？」

初耳《はつみみ》だよ。

「ぼくもきのう、みちるに聞《き》いたばっかりなんだよ。やっぱり千歌《ちか》も知《し》らなかったか」

「おれも忘《わす》れてた」

って。渚《なぎさ》くん、それはひどくないですか？

「そこで、だ。ごちそうつくってケーキ焼《や》いて、みんなで祝《いわ》ってあげたいと思《おも》うんだが」

「すてき！　賛成《さんせい》！」

「悠斗《ゆうと》くんには、ひみつな」

パパはいたずらっぽく笑《わら》って、リビングにもどっていった。

「誕生日《たんじょうび》パーティかあ……。ねえねえ渚《なぎさ》くん。プレゼント、なにあげる？」

わくわくしながらたずねる。

「プレゼント……？　べつになにも？」

「えーっ？　なにもあげないの？　お兄《にい》ちゃんの誕生日《たんじょうび》なんだよ？」

「だって、いままで、きょうだい同士《どうし》でプレゼントの贈《おく》りあいとかしたことねーし」

「そういうものなの？　きょうだいって」

そっけないなあ。

もちろん、おたがいを思《おも》いやってないわけじゃないんだろうけど。

男《おとこ》の子同士《こどうし》だからかなあ？　ふだんから、そんなにべたべたしてないっていうか。

メグもお姉《ねえ》ちゃんがいるけど、どんな感《かん》じなんだろう。

渚《なぎさ》くんはにやっと口《くち》のはしをあげた。

「でも、千歌《ちか》にとっては義務《ぎむ》だからな。おれという偉大《いだい》な兄《あに》の誕生日《たんじょうび》には、かならず、ウルトラゴージャスなプレゼントを用意《ようい》するように」

「なっ、なにそれっ！　自分《じぶん》ばっかり」

ふふんと笑《わら》うと、渚《なぎさ》くんはキッチンをあとにした。

あたしは、むくれながら、食器乾燥機《しょっきかんそうき》のスイッチを押《お》す。

ため息《いき》がでちゃう。

さっきは、つい、新婚《しんこん》カップルみたい！　なんて、夢見《ゆめみ》ちゃったけど。

あたしが渚《なぎさ》くんとカップルになることなんて、ぜったいにないんだろうなあ。

だって渚《なぎさ》くんは、さゆのことを好《す》きなんだし。

さゆの気持《きも》ちは渚《なぎさ》くんにはむいてなかったけど……。渚《なぎさ》くんはちがうよね。

「あーっ。もうっ！　考《かんが》えたってしかたないやっ！」

ぶんぶんと、頭《あたま》を横《よこ》にふった。

お風呂《ふろ》にはいって、はやく寝《ね》よう。

そうしよう。


つぎの日《ひ》の昼休《ひるやす》み。

ノートをひろげて、ひとり、まんがの続《つづ》きを考《かんが》えていたら、さゆとメグがやってきた。

「千歌《ちか》ちゃん。グラウンドにいってみない？　渚《なぎさ》くん、いま、サッカーしてるみたいだよ？」

さゆがこっそりささやく。

あたしは首《くび》を横《よこ》にふった。

「いいんだ。渚《なぎさ》くんを見《み》ていること、藤宮《ふじみや》さんにばれたらにらまれるし」

「そっか。千歌《ちか》ちゃんも大変《たいへん》だね……」

「いろいろ悩《なや》みはつきないよ」

ははっと、明《あか》るく笑《わら》ってみせたけど、さゆは笑《わら》わない。

なんだかずっと、うかない顔《かお》をしている。

「どうしたの？」

「わたしも悩《なや》みがつきないの。悠斗《ゆうと》くんは中学生《ちゅうがくせい》だから、学校《がっこう》で会《あ》えないし」

「じゃあ、うちにきたら？　メグといっしょに。悠斗《ゆうと》くんに時間《じかん》をつくってもらうから」

「む、むり……」

消《き》え入《い》りそうな声《こえ》でつぶやくと、さゆは真《ま》っ赤《か》になった。

「い、いざ悠斗《ゆうと》くんを前《まえ》にしたら。き、ききき、きんちょうして、わたし、なにも言《い》えなくなっちゃう。す、好《す》きなのに、逃《に》げだしたくなっちゃうんだ……」

さゆってば、想像《そうぞう》しただけで、もう、きんちょうしてるし。

「これは重症《じゅうしょう》だね」

メグがため息《いき》をついた。

「どうしよう。わたし、本当《ほんとう》は、悠斗《ゆうと》くんにつたえたいのに。また会《あ》えてうれしい、って」

ふーむ、と、メグが腕組《うでぐ》みをする。

「いっそ手紙《てがみ》でも書《か》いてわたすとか」

「それだ」

あたしは、ぱちんと指《ゆび》をならした。

「それだよ。手紙《てがみ》。プレゼントといっしょに、手紙《てがみ》をわたせばいいんだよ！」

「プ、プレゼント？」

あたしは、こくこくとうなずいた。

「もうすぐ悠斗《ゆうと》くんの誕生日《たんじょうび》なんだ！　だから、さゆ、思《おも》いきって、なにか悠斗《ゆうと》くんにわたしてみたら？」

「プレゼント……。手紙《てがみ》……。いいかも」

さゆの目《め》に、かがやきがもどった。

「わたし、やってみようかな！」

13・プレゼント大作戦《だいさくせん》

「悠斗《ゆうと》くんへのプレゼント……。なにがいいのかなあ」

あたしは首《くび》をひねった。男子中学生《だんしちゅうがくせい》のほしいものなんて、よくわからない。

おまけに、悠斗《ゆうと》くんはかなりオトナっぽいし。

そのへんの男子《だんし》の間《あいだ》で流行《はや》ってるものとか、見《み》むきもしなそう。

「ブックカバーとか、どうかな」

さゆがぽつりと言《い》った。

「悠斗《ゆうと》くん、本《ほん》が好《す》きだから」

「それ、いいんじゃない！」

あたしは思《おも》わず、身《み》を乗《の》りだした。

悠斗《ゆうと》くん、たしかに本《ほん》をよく読《よ》むし。ぜったい喜《よろこ》ぶ。

「わたしね。裁縫《さいほう》が得意《とくい》だから、手《て》づくりしてみようって思《おも》うんだけど……」

「自分《じぶん》で縫《ぬ》えるの？　すごいじゃんっ！　うわーっ、なんだかわくわくしてきたっ！」

メグが目《め》をきらきらかがやかせている。

あたしたち3人《にん》は、さっそく、図書室《としょしつ》へむかった。

手芸《しゅげい》の本《ほん》を見《み》て、つくりかたを調《しら》べたり、デザインを考《かんが》えたりするんだ。

お昼休《ひるやす》みの図書室《としょしつ》は、しずかで、時間《じかん》がゆったりと流《なが》れている。

本《ほん》を読《よ》んでいる人《ひと》、調《しら》べものをしている人《ひと》。それぞれが、自分《じぶん》だけの時間《じかん》のなかにいる感《かん》じがするよ。

「本《ほん》のにおい……。落《お》ち着《つ》くなあ」

さゆがうっとりと深呼吸《しんこきゅう》した。

「悠斗《ゆうと》くん、いつも図書室《としょしつ》にいたんだ。だからわたしも、昼休《ひるやす》み、図書室《としょしつ》にかよってた」

ひそやかに、ささやく。

「わたしに、本《ほん》を選《えら》んでくれたりしたんだよ」

「へえ……」

すてきな思《おも》い出《で》。

「そうか。だから、さゆ、ここがいちばん好《す》きな場所《ばしょ》だった、って言《い》ってたんだ」

メグが言《い》った。

そういえば……。はじめて3人《にん》で図書室《としょしつ》にきたとき、さゆ、たしかにそう言《い》ってた。

あのときのさゆは、悠斗《ゆうと》くんのことを思《おも》いだしていたんだね。

貸《か》しだし手続《てつづ》きをすませて、教室《きょうしつ》にもどる。

「誕生日《たんじょうび》まで、今日《きょう》を入《い》れても、あと4日《よっか》しかないよ。がんばらなきゃ！」

あたしは、ぎゅっと両手《りょうて》でこぶしをつくって気合《きあ》いをいれた。

「って、千歌《ちか》がつくるわけじゃないのに」

メグが冷静《れいせい》につっこむ。

さゆは、くすくす笑《わら》った。


学校《がっこう》が終《お》わって、いったん家《いえ》に帰《かえ》ってから。

3人《にん》で待《ま》ち合《あ》わせして、学校近《がっこうちか》くの手芸屋《しゅげいや》さんにいった。ブックカバーの生地《きじ》を選《えら》ぶんだ。

色《いろ》とりどりのカット布《ぬの》が積《つ》んであるワゴンから、「これ！」という布《ぬの》を探《さが》す。

「あっ！　見《み》て見《み》て、まゆげパンダ柄《がら》の布《ぬの》がある！」

「千歌《ちか》。あのねえ、自分《じぶん》のを探《さが》しにきたんじゃないんだよ？」

メグにしかられてしまった。

「じゃあ、これは？　かわいくない？」

「かわいいけど、女子《じょし》っぽすぎる。いい？　悠斗《ゆうと》さまにあげるんだよ？　クールでシンプル、かつ高級感《こうきゅうかん》があるものがいいって」

「メグちゃんも、シンプルなほうがいいって思《おも》う？　でも、高級《こうきゅう》なのはわたしのおこづかいじゃ買《か》えないよ」

「ほんとに高級《こうきゅう》じゃなくていいんだよ。だいじなのは高級《こうきゅう》『感《かん》』！」

わいわい相談《そうだん》しながらのお買《か》い物《もの》。楽《たの》しい！

さゆは、迷《まよ》いに迷《まよ》って、きれいなスカイブルーの、無地《むじ》の布《ぬの》を選《えら》んだ。

お店《みせ》をでて、ならんで歩《ある》く。

「これだけじゃ味気《あじけ》ないから、ワンポイントに、刺繍《ししゅう》をしようかな」

「さゆ、刺繍《ししゅう》までできるの？　すごいっ。尊敬《そんけい》！」

あたしとメグがそろって声《こえ》をあげると、さゆは「えへへ」と照《て》れ笑《わら》いした。

「あんまり上手《じょうず》じゃないけどね。いつか、手《て》づくりの小物《こもの》を、うちのカフェで売《う》ったりできたらなあ、なんて思《おも》ってるんだ」

「へえ……」

さゆの、夢《ゆめ》。

だれかの好《す》きなことや、好《す》きなものや、好《す》きな人《ひと》の話《はなし》。

聞《き》くと、こころが、ほかほかする。「好《す》き」って、いいなあ。

交差点《こうさてん》でメグとさゆと別《わか》れて、ひとり、歩《ある》きだす。

暗《くら》くならないうちに帰《かえ》らなきゃ。

あたしも、なにか悠斗《ゆうと》くんにプレゼントをあげたいなあ。いつも相談《そうだん》にのってもらったり、宿題《しゅくだい》を教《おし》えてもらったりしているお礼《れい》をしたい。

悠斗《ゆうと》くんとも、せっかくきょうだいになったんだしね。

でも……。自分《じぶん》のおこづかいで買《か》えるものとなると、文房具《ぶんぼうぐ》とかかなあ。

本《ほん》は、なにを選《えら》んでいいかわかんないし……。

ぐるぐる、ぐるぐる、考《かんが》えながら歩《ある》いていると。

「千歌《ちか》っ！」

うしろから、いきなり、声《こえ》をかけられた。

「ひゃあああっ！」

びっくりしすぎて、心臓《しんぞう》が大《おお》きくはねあがった！

「なんだよ。そんなにおどろくか？　夜道《よみち》でユーレイに会《あ》ったときのリアクションだぞ、それ」

ふりかえると、あきれ顔《がお》した渚《なぎさ》くんがいる。まだ、ランドセルをしょってる。

「なっ、渚《なぎさ》く……、いま、帰《かえ》り？　ずいぶん遅《おそ》くない？」

「委員会《いいんかい》の話《はな》しあいと仕事《しごと》が長引《ながび》いたんだよ。おまえは？」

ならんで、歩《ある》きだす。

「あ、あたしは、メグとさゆと、買《か》い物《もの》に」

「ふーん」

メグと仲直《なかなお》りして、今日《きょう》みたいに、いっしょに買《か》い物《もの》にいったりできるのは。

渚《なぎさ》くんが、あのときいろいろ話《はなし》をしてくれたおかげだ。

だから勇気《ゆうき》がでた。メグを信《しん》じることができた……。

「あの、ね」

「おまえさ」

ふたり同時《どうじ》に、口《くち》をひらいた。

「な、なに？　渚《なぎさ》くん」

「ん。おまえ、ゆうべ、プレゼントがどうとか言《い》ってたじゃん。兄《にい》ちゃんの」

「うん。あたしは、やっぱりあげたいな。実《じつ》はいまも、なににしようかって考《かんが》えてたとこなんだ」

「そっか。千歌《ちか》がやるなら、おれもあげないわけにいかないかなー。母《かあ》さんもおじさんも用意《ようい》してるだろうし」

「そうしなよ。悠斗《ゆうと》くんよろこぶよ」

「ん」

「でも、なにがいいのかな？　あたし、わかんなくて」

ため息《いき》をこぼすあたしを、渚《なぎさ》くんはちらと見《み》やった。

「マフラーかな」

「え？」

「兄《にい》ちゃん、この間《あいだ》、マフラーをどっかに忘《わす》れてきて、そのままなくしちまったらしいんだよ。気《き》に入《い》ってたみたいだから、しょんぼりしてる」

へえ……。悠斗《ゆうと》くんみたいなしっかり者《もの》でも、忘《わす》れ物《もの》とかするんだ。

でも……。

「マフラーって高《たか》くない？」

「まーな。でもさ、おまえとおれでだしあえば、安《やす》いのなら買《か》えるんじゃね？」

たしかに。あたしたちがもらっているおこづかいは、月《つき》に500円《えん》。ふたり合《あ》わせれば1000円《えん》になる。あとは、貯金箱《ちょきんばこ》の小銭《こぜに》をかき集《あつ》めるとして……。

「それなら、なんとかなりそうだね」

「じゃ、それで決定《けってい》。土曜《どよう》はおれが練習試合《れんしゅうじあい》だから、日曜《にちよう》しかねーな。おまえ、日曜空《にちようあ》けとけよ」

「って、なんの話《はなし》？」

頭《あたま》の中《なか》にはてなマークが浮《う》かぶ。マフラーと日曜日《にちようび》がつながらない。

「だから、マフラー買《か》いにいかなきゃだろ？」

「……それって。ふたりでいっしょにいくってこと？」

「そりゃそうだろ。こればっかりは、おまえに押《お》しつけるわけにいかねーし。しかたない」

「し、しかたないって、なにその言《い》いかた！」

むきになって怒《おこ》ってはみたけど。

いま、あたし、ものすごくどきどきしている！

だって。だってだってだって。渚《なぎさ》くんとふたりきりで、おでかけだよ！

14・デート気分《きぶん》！

その日《ひ》の夜《よる》。

リビングのこたつに入《はい》って、渚《なぎさ》くんと、ふたたび、プレゼントの相談《そうだん》をする。

悠斗《ゆうと》くんはお風呂《ふろ》に入《はい》っている。いまのうちに決《き》めてしまわないと。

「どこのお店《みせ》にいく？」

「グリーンタウンがいいんじゃね？　あそこなら、なんでもあるだろ」

グリーンタウンは、近《ちか》くにある、大型《おおがた》ショッピングセンター。

洋服屋《ようふくや》さんや雑貨屋《ざっかや》さんがたくさん入《はい》ってるから、きっといいマフラーが見《み》つかるはず。

ぎりぎり校区内《こうくない》だし、小学生《しょうがくせい》だけでいってもかまわないよね？

そんなふうに思《おも》っていたけど。

「ダメに決《き》まってるでしょ」

リビングにあらわれたみちるさんに、ぴしゃりと言《い》われてしまった。

「母《かあ》さん、聞《き》いてたのかよ」

「聞《き》いてたわけじゃありません。き、こ、え、た、の！」

みちるさんは両手《りょうて》を腰《こし》に当《あ》てた。

顔《かお》にはパックをしているから、表情《ひょうじょう》がわからない。お、怒《おこ》ってる……？

「あそこにいくには保護者同伴《ほごしゃどうはん》じゃなきゃダメ、っていう学校《がっこう》の決《き》まりなの」

あたしと渚《なぎさ》くんは顔《かお》を見合《みあ》わせた。

「日曜《にちよう》だったら、私《わたし》が連《つ》れてってあげるわよ」

みちるさんは胸《むね》をはった。

「だいじょうぶ、だいじょうぶ。あんたたちの買《か》い物《もの》に口《くち》だししないから！　悠斗《ゆうと》のプレゼント、ふたりでゆーっくり、選《えら》びなさい」


と、いうわけで。日曜日《にちようび》の午後《ごご》。

みちるさんの運転《うんてん》する車《くるま》で、グリーンタウンにやってきた。

ロビーには、大《おお》きなクリスマスツリーがかざられている。きらきらと、まぶしいよ。

男子《だんし》むけの洋服屋《ようふくや》さんやファッション小物《こもの》のお店《みせ》があるのは、２階《かい》のフロアだ。あたしたちでも買《か》えそうなお値段《ねだん》の、ファストファッションのお店《みせ》も入《はい》っている。

予算《よさん》は1200円《えん》。あたしと渚《なぎさ》くん、それぞれ平等《びょうどう》に600円《えん》ずつだしあうことにしたんだ。

3人《にん》でフロアをぐるぐる歩《ある》く。

「あっ、このお店《みせ》、いいんじゃない？」

メンズのニット帽《ぼう》やバッグがたくさんディスプレイされたお店《みせ》を見《み》つけた。

「いってらっしゃい。私《わたし》はそこのベンチにいるから」

みちるさんがほほえんだ。

お店《みせ》には、若《わか》い男《おとこ》の人《ひと》が、ちらほら。カップルもいる。

「マフラー、あったぞ」

渚《なぎさ》くんがあたしを手招《てまね》きする。

「これ、よくね？」

上品《じょうひん》な、グリーンのタータンチェックのマフラー。

「わあ……。にあいそう」

悠斗《ゆうと》くんって、優等生《ゆうとうせい》っぽい雰囲気《ふんいき》だから、こういう、ちょっときちんとした、制服《せいふく》にも使《つか》われそうな感《かん》じのチェック柄《がら》、よくにあう。

でも、たぶん、渚《なぎさ》くんも……。

「ちょっと巻《ま》いてみたら？」

「おれが試着《しちゃく》してどーすんだよ」

「は、肌触《はだざわ》りとか！　長《なが》さとか！　知《し》りたいじゃん」

ほんとはあたしが、渚《なぎさ》くんがつけてるとこ、見《み》てみたいだけだけど。

店員《てんいん》さんにことわったあと、渚《なぎさ》くんはゆるくマフラーを巻《ま》いた。

「うん。ちくちくしないし、あったかい」

や、やっぱりかっこいい。

なんでもにあっちゃうとか、ずるいよ。渚《なぎさ》くん。

「これにしよう。って、うわっ、高《たか》っ」

値札《ねふだ》を見《み》た渚《なぎさ》くんが、あわててマフラーをはずした。そそくさと、売《う》り場《ば》にもどす。

「やべーって。5000円超《えんこ》えてる」

そ、それはぜったいに無理《むり》！

逃《に》げるようにお店《みせ》をでた。

「どうする？　渚《なぎさ》くん」

「もっと安《やす》い店《みせ》で、さっきのに似《に》た雰囲気《ふんいき》のやつ、探《さが》そう」

「うん」

人《ひと》でいっぱいの、休日《きゅうじつ》のショッピングセンター。渚《なぎさ》くんとならんで歩《ある》く。

目《め》の前《まえ》に、手《て》をつないで歩《ある》いている、高校生《こうこうせい》ぐらいのカップルがいる。

いいなあ……。

もくもくと、妄想《もうそう》が広《ひろ》がる。高校生《こうこうせい》になったあたしと渚《なぎさ》くん。学校帰《がっこうがえ》りに、制服《せいふく》でグリーンタウンをぶらぶら。フードコートでハンバーガーを食《た》べたり、いっしょに洋服《ようふく》を見《み》たり。

あんなふうに、手《て》をつないだり……。って、きゃーっ！

と、ぐいっ、と、腕《うで》を引《ひ》かれた。

「な、渚《なぎさ》く……」

どきんと心臓《しんぞう》がはねる。

ま、まさか。手《て》をつないでいる妄想《もうそう》が、テレパシーでつたわってしまったとか……！

「なにボーッとしてんだよ。人《ひと》にぶつかりそうになってたぞ」

「えっ？」

そうなの？　気《き》づかなかった。それでいきなり、腕《うで》を。

「ご、ごめん」

「気《き》をつけろよ？　おまえ、ちっこいんだから、はじき飛《と》ばされるぞ」

「お、大《おお》きなお世話《せわ》！」

小《ちい》さくて悪《わる》かったね！

渚《なぎさ》くんはふふんと笑《わら》った。もうっ！　ほんとに、ひとことよけいなんだから！

つぎに入《はい》ったお店《みせ》は、かなりリーズナブル。

タータンチェックのマフラーが予算内《よさんない》で買《か》えた！

店員《てんいん》さんに、きれいにラッピングしてもらう。

「おつりで、メッセージカード買《か》おうよ」

「いいけど、おれも書《か》くわけ？　兄《にい》ちゃんに」

「当《あ》たり前《まえ》じゃん」

「……………やだな」

渚《なぎさ》くんは顔《かお》をしかめた。ちょっとだけ、ほおが赤《あか》い。

ひょっとして……。照《て》れてるのかな？

「なんだよ。人《ひと》の顔《かお》、じーっと見《み》て」

「なんでもないよっ」

ほおがゆるんじゃう。渚《なぎさ》くん、かわいい……。

同《おな》じフロアにある100円《えん》ショップで、カードを購入《こうにゅう》。

これで買《か》い物《もの》はぜんぶ終《お》わったし、みちるさんのところへもどらなきゃ。

店内《てんない》にはクリスマスソングが流《なが》れている。

通《とお》りかかった雑貨屋《ざっかや》さんも、はなやかにディスプレイされてて、ついつい吸《す》いよせられそうになっちゃうよ。

「千歌《ちか》。よそ見《み》すんなよ。人多《ひとおお》いんだし、はぐれて迷子《まいご》になっても知《し》らねーぞ？」

渚《なぎさ》くんに注意《ちゅうい》されて、むっとした。

「迷子《まいご》になんてなるわけないじゃん！　幼稚園児《ようちえんじ》みたいな扱《あつか》い、しないでよね！」

いくら「妹《いもうと》」だからって。同級生《どうきゅうせい》なのに！

手《て》をつないでいたカップルがうらやましい。やっぱり、かなわぬ夢《ゆめ》だよね。

だって渚《なぎさ》くんは、さゆのことを……。

渚《なぎさ》くんが急《きゅう》に立《た》ち止《ど》まる。

「どうしたの？」

「……あれって」

渚《なぎさ》くんの指《ゆび》さすほう。ファミリーむけの洋服屋《ようふくや》さんの入《い》り口《ぐち》付近《ふきん》にいるのは。

す、杉村《すぎむら》？

杉村《すぎむら》だ。お父《とう》さんっぽい男《おとこ》の人《ひと》といっしょにいる！

「や、やばい。渚《なぎさ》くん、早《はや》くもどろう！」

あたしは駆《か》けだした。

「おい、待《ま》てって」

要注意人物《ようちゅういじんぶつ》、杉村《すぎむら》。渚《なぎさ》くんとふたりでいるところを見《み》られたら、おもしろおかしく、あることないこと尾《お》ひれをつけて騒《さわ》ぎたてるに決《き》まってる！

気《き》づいてないよね。

杉村《すぎむら》、あたしたちに気《き》づいてないよね……！

うかつだった。校区内《こうくない》にある大型《おおがた》ショッピングセンターだよ？　ぜったいにうちの学校《がっこう》の子《こ》、くるよね。

うかれるあまり、油断《ゆだん》していた。もっと、気《き》を引《ひ》きしめなきゃ！

15・勇気《ゆうき》をだして

翌日《よくじつ》の、月曜日《げつようび》。悠斗《ゆうと》くんの誕生日《たんじょうび》、当日《とうじつ》だ。

朝《あさ》から、みんな、いっさい誕生日《たんじょうび》のことにはふれず。

悠斗《ゆうと》くんも、とくに意識《いしき》していないみたいだった。むしろ、今日《きょう》が自分《じぶん》の誕生日《たんじょうび》だって忘《わす》れてない？　ってぐらい、平常運転《へいじょううんてん》。

昨日買《きのうか》ったプレゼントの包《つつ》みは、あたしが預《あず》かってクローゼットにかくしている。

夜《よる》のパーティまでに、悠斗《ゆうと》くんへのメッセージを書《か》いておいてね、って、渚《なぎさ》くんにカードをわたしてはいるんだけど。

ちゃんと書《か》いてくれるのかなあ？　ふざけたこと書《か》いてごまかしたりしないよね？

そして、さゆも。

ブックカバー、仕上《しあ》がったのかなあ……？

「それが、まだなんだ……」

さゆはため息《いき》をついた。

「カバー本体《ほんたい》がね、できあがったのはいいけど、ちょっとだけサイズが小《ちい》さくて、文庫本《ぶんこぼん》が入《はい》らなかったんだ。だから、さいしょからつくり直《なお》すしかなくって」

そう言《い》いながらも、ちくちくと、縫《ぬ》い針《ばり》をうごかす手《て》を止《と》めない。

始業前《しぎょうまえ》の教室《きょうしつ》のさわがしさにも負《ま》けず、集中《しゅうちゅう》して、ていねいに刺繍《ししゅう》をしている。

「わあ……。かわいい……！」

スカイブルーの布《ぬの》に、白《しろ》い小鳥《ことり》と、赤《あか》、黄色《きいろ》、緑《みどり》の風船《ふうせん》たち。

「わたし、放課後《ほうかご》までに、ぜったいに、イニシャルの刺繍《ししゅう》まで仕上《しあ》げてみせる！」

さゆは、力強《ちからづよ》く言《い》いきった。

さゆって、こんなに、きりっとした顔《かお》もする子《こ》なんだ。かっこいい。

「恋《こい》のチカラですな」

メグがあたしにこっそりささやいて、うしし っ、と、笑《わら》った。

そして。もうひとつ気《き》になること。

昨日《きのう》ニアミスした、杉村《すぎむら》。

もしあたしと渚《なぎさ》くんが、ヤツに気《き》づかれていたら、いっかんの終《お》わりだ……！

どんな言《い》い訳《わけ》をしてごまかそうかと、いろいろ対策《たいさく》を練《ね》っていたら。

「杉村《すぎむら》は、風邪《かぜ》で欠席《けっせき》だ。流行《はや》っているみたいだから、みんな、手洗《てあら》いうがいを徹底《てってい》して、予防《よぼう》につとめること！」

朝《あさ》の会《かい》で、先生《せんせい》が言《い》った。杉村《すぎむら》、欠席《けっせき》。

ほっと胸《むね》をなでおろす。とりあえず今日《きょう》は平和《へいわ》に過《す》ごせそうだよ。


休《やす》み時間《じかん》のたびに、さゆはこつこつ刺繍《ししゅう》をしつづけた。

せりなのグループの女子《じょし》たちが、なにやらひそひそ話《ばなし》をしているのが気《き》になるけど……。

ぶじにできあがって、悠斗《ゆうと》くんにわたせますように。

そして、あっという間《ま》にお昼休《ひるやす》みになった。

「あと少《すこ》し、あと少《すこ》し……」

さゆは、ひと針《はり》、ひと針《はり》、ていねいに刺《さ》しつづける。

メグとふたりして、さゆの机《つくえ》の脇《わき》にしゃがんで、息《いき》をつめて、じっと見守《みまも》った。

いま、悠斗《ゆうと》くんのイニシャルを刺《さ》しているところ。ちょうど、アルファベットのK《ケー》のとちゅう。

「高坂《こうさか》」のK《ケー》だ。凝《こ》った字体《じたい》で、おしゃれだなって思《おも》う。

「名前《なまえ》の『Y《ワイ》』まで刺《さ》したら、できあがりなんだ」

「手紙《てがみ》は？」

「………書《か》いてきたよ」

さゆ、赤《あか》くなってる。どんなことを書《か》いたんだろう？　でも、もちろんそれはひみつだよね。

今日《きょう》は、学校帰《がっこうがえ》りの悠斗《ゆうと》くんを待《ま》ちぶせして、プレゼントをわたす予定《よてい》。

何時《なんじ》ごろに悠斗《ゆうと》くんの学校《がっこう》が終《お》わるかは、あたしが今朝《けさ》、それとなく聞《き》いておいた。

あたしとメグもいっしょにいく。さゆ、中学校《ちゅうがっこう》の場所《ばしょ》がわからないかもしれないし。

それに、やっぱり気《き》になるし！　あたしまでどきどきしてきちゃうよ。

さゆの刺繍《ししゅう》、どんどん上手《じょうず》になっている。動《うご》きがなめらかでむだがないの。もう、『K《ケー》』もできあがりそうだし。

そのとき。

せりなと、せりなと仲《なか》のいい、野村《のむら》さんと山崎《やまざき》さんの3人《にん》が、あたしたちの真横《まよこ》を通《とお》り過《す》ぎた。

すれちがいざまに、あたしのからだに、せりなのひじが、わずかにふれる。

「あっ。ゴメンね、鳴沢《なるさわ》さん」

せりなはちらっと、さゆの手《て》もとに視線《しせん》をやった。そして。

「なにそれ」

低《ひく》い声《こえ》で、あざけるように、つぶやいた。

えっ……？

さゆのブックカバーのことを言《い》っているの？

「まさか、それ、誰《だれ》かにあげるとかじゃないよね？　まさかね。こんなのもらっても迷惑《めいわく》だし」

せりなはうすい笑《え》みをうかべている。野村《のむら》さんと山崎《やまざき》さんも、せりなのとなりで、にやにや笑《わら》っている。

さゆは真《ま》っ赤《か》な顔《かお》して、布《ぬの》を、きゅっとにぎりしめた。

その指《ゆび》が、小刻《こきざ》みにふるえている……。

せりなたちは、はしゃいだ笑《わら》い声《ごえ》をあげながら、教室《きょうしつ》からでていってしまった。まるで、なにごともなかったかのように。

「さゆ……」

どきんとした。さゆ、泣《な》いてる……。

「……っ、ごめん、わたし……っ」

「藤宮《ふじみや》さんの言《い》うことは、気《き》にしないほうがいいよ」

メグがはげましたけど、さゆは首《くび》を横《よこ》にふる。

「わたし、ばかみたい。よく考《かんが》えたら、中学生《ちゅうがくせい》の男《おとこ》の子《こ》が、こんなの、使《つか》ってくれるわけがないよね。きっとはずかしいよね」

「そんなことない」

あたしは、きっぱりと言《い》いきった。

「悠斗《ゆうと》くんは、ぜったいに喜《よろこ》んでくれる。さゆがいっしょうけんめいつくってくれたものだもん」

そこまで言《い》って、はっと気《き》づいた。

「もしかして、藤宮《ふじみや》さん。これ、渚《なぎさ》くんへのプレゼントだって、思《おも》いこんでるんじゃない？」

「えっ……」

さゆは顔《かお》をあげた。

「藤宮《ふじみや》さん、言《い》ってたもん。渚《なぎさ》くんと仲《なか》のいい女子《じょし》は、みんな気《き》に入《い》らないって。だからきっと、さゆのことじゃましたくて、わざとあんなこと言《い》ったんだよ！」

あたしは、メグとさゆを交互《こうご》に見《み》やった。ふたりとも、こくりとうなずく。

3人同時《にんどうじ》に立《た》ちあがると、教室《きょうしつ》をでて、せりなを追《お》った。

せりなはちょうど、わたり廊下《ろうか》を歩《ある》いているところだった。野村《のむら》さんたちはいない。

「藤宮《ふじみや》さんっ……！」

さゆが呼《よ》びかけると、せりなは立《た》ち止《ど》まって、ゆっくりとふりかえった。

「なんの用《よう》？」

「あのっ。その……、ちがうから。わたし、渚《なぎさ》くんのことはなんとも思《おも》ってないから」

さゆの声《こえ》はふるえている。せりなは、ふうっと、長《なが》い息《いき》をついた。

「そんなの、信《しん》じると思《おも》ってんの？　プレゼントまでつくってるくせに。Ｋ《ケー》って、渚《なぎさ》くんのイニシャルじゃない」

「渚《なぎさ》くんにあげるわけじゃないの。これは、その。ゆ、悠斗《ゆうと》くんに……」

言《い》った。言《い》っちゃったよ、さゆ。

せりなは目《め》を丸《まる》くした。

「悠斗先輩《ゆうとせんぱい》？　立花《たちばな》さん、悠斗先輩狙《ゆうとせんぱいねら》いなの？」

おどろくよね。あたしだって、ついこの間《あいだ》まで、さゆは渚《なぎさ》くんを好《す》きなんだって思《おも》いこんでたもん。

「みんなには、言《い》わないであげて」

あたしがお願《ねが》いすると、せりなは、ふんっ、と、鼻《はな》を鳴《な》らした。

「言《い》うわけないでしょ？　渚《なぎさ》くん狙《ねら》いじゃないなら、あたしには関係《かんけい》ないわ。プレゼントもがんばってわたせば？　あなたたちが考《かんが》えたにしてはセンス悪《わる》くないし、あれ」

せりなは長《なが》い髪《かみ》をさっと手《て》ではらうと、きびすをかえして、去《さ》っていった。

「なんというあざやかな手《て》のひらがえし……」

メグがつぶやく。あたしは、ぷっとふきだした。

さゆも、つられて笑《わら》った。

気《き》をとり直《なお》して、刺繍《ししゅう》のつづきにとりかかる、さゆ。見守《みまも》るあたしとメグ。

そしてついに。放課後《ほうかご》になって、さゆのブックカバーはできあがった！

「やったー！」

あたしとメグは、かわるがわる、さゆとハイタッチ。さゆ、すごいよ。

「あとは、わたすだけだね！」

「う……。うん……」

とたんに、さゆの表情《ひょうじょう》が、かちんと固《かた》まってしまった。

だ、だいじょうぶかなあ……？

さゆは、できあがったばかりのブックカバーと手紙《てがみ》を、ていねいにラッピングした。包装紙《ほうそうし》やリボンもちゃんと用意《ようい》してきたんだね。さすが。

教室《きょうしつ》の時計《とけい》を見《み》ると、もう4時《じ》をすぎている。

「もういかないと、悠斗《ゆうと》くん、帰《かえ》っちゃうかも」

うちの小学校《しょうがっこう》から悠斗《ゆうと》くんの中学校《ちゅうがっこう》までは、歩《ある》いて20分《ぷん》ぐらい。

悠斗《ゆうと》くんも今日《きょう》は4時《じ》ぐらいに授業《じゅぎょう》が終《お》わるらしい。そのあと、学校《がっこう》の図書室《としょしつ》で少《すこ》し時間《じかん》をつぶしてから塾《じゅく》にいくって言《い》ってたから……。

「4時半《じはん》には、着《つ》いていたほうがいいよね」

さゆはきんちょうしたおももちで、うなずいた。

中学校《ちゅうがっこう》へむかって歩《ある》いているあいだ、さゆはほとんどしゃべらなかった。

きっと、どきどきして、ふわふわして、なにも考《かんが》えられないんだと思《おも》う。

あたしにまで、どきどきが伝染《でんせん》しそうだよ。

中学校《ちゅうがっこう》に着《つ》いた。グラウンドからは、部活《ぶかつ》をしている生徒《せいと》たちのかけ声《ごえ》が聞《き》こえてくる。

3人《にん》で、落《お》ち着《つ》きなく、校門《こうもん》のそばをうろうろ。

制服《せいふく》すがたの中学生《ちゅうがくせい》たちが、すれちがいざまに、そんなあたしたちをじろっと見《み》ていく。

あたしたち、どう見《み》てもあやしいよね。

「わ。わたし、もう帰《かえ》りたい……」

さゆは青《あお》い顔《かお》して、泣《な》きそうになっている。

「あんなにがんばったんだし、わたさないと後悔《こうかい》するよ？」

メグがさゆの肩《かた》にそっと手《て》をおいた。

「でも、でも……」

「勇気《ゆうき》をだして、さゆ。あたしたちがついてるから。ちゃんと、見守《みまも》ってるから！」

「メグちゃん。千歌《ちか》ちゃん……」

さゆの目《め》を見《み》て、強《つよ》くうなずく。だいじょうぶ、っていう気《き》持《も》ちをこめて。

「あっ！　きた！　悠斗《ゆうと》さまっ！」

メグが小《ちい》さくさけぶ。

校門《こうもん》からでてくる悠斗《ゆうと》くんのすがたが目《め》に入《はい》った。

あたしは、とんっ、と、さゆの背中《せなか》を押《お》した。

「がんばれ！」

さゆは、そのまま、前《まえ》に一歩《いっぽ》、ふみだす。

しっかりと、悠斗《ゆうと》くんのほうへ、歩《ある》いていく。

あたしとメグは、目《め》を合《あ》わせてうなずきあうと、さっとその場《ば》から離《はな》れた。

学校《がっこう》のむかい側《がわ》にある駐車場《ちゅうしゃじょう》にいって、身《み》をひそめる。

ここなら、なんとか、ふたりのようすが見《み》える。

メグとふたり、息《いき》をつめて見守《みまも》った。

「あっ。話《はな》しかけた！」

メグが言《い》った。

そして。さゆは、悠斗《ゆうと》くんに、プレゼントの包《つつ》みを差《さ》しだした！

悠斗《ゆうと》くんは……。

「受《う》けとってくれた！」

あたしとメグは、思《おも》わず、手《て》を取《と》りあって、ぴょんぴょんはねた。

「やった！　やったあ！」

がんばったね、さゆ！

16・バースデーパーティ

　プレゼントをわたし終《お》えて、あたしたちのところにもどってきたさゆは、ゆでダコのように真《ま》っ赤《か》になっていた。

「どうだった？　悠斗《ゆうと》くん」

「びっくりしてた。プレゼントをつくったの、って言《い》ったら、『僕《ぼく》に？　ほんとにいいの？』って」

「それで……？」

「き、気《き》に入《い》らなかったら捨《す》てていいよって言《い》ったら。悠斗《ゆうと》くん、その場《ば》で包《つつ》みをあけてくれてね。『これ、すごくいい。毎日使《まいにちつか》うよ』って、にっこり笑《わら》ってくれたの……」

「ひゃあああっ！」

　メグが悲鳴《ひめい》のような声《こえ》をあげた。興奮《こうふん》しすぎ！

「ありがとうって言《い》ってくれた。大事《だいじ》にするよって、言《い》ってくれた……」

さゆは、ぽーっとして、まるで甘《あま》い夢《ゆめ》のなかにいるみたいに、うっとりと目《め》をうるませている。

「よかったね。本当《ほんとう》に、よかったね」

「うん！」

「で、手紙《てがみ》は？」

と、メグ。

「か、かかか帰《かえ》ってから読《よ》むって。ど、どうしよう。めちゃくちゃはずかしい」

「そんなに照《て》れるなんて、一体《いったい》どんなこと書《か》いたの！」

つっこむと、メグが笑《わら》って。つられて、さゆも笑《わら》った。

くつに羽《はね》が生《は》えているみたいに、ふわふわ、ふわふわ、浮《う》きあがりそうな心地《ここち》。

友《とも》だちが幸《しあわ》せだと、自分《じぶん》もうれしい。幸《しあわ》せが、広《ひろ》がっていくみたい。

仲《なか》よくなれてよかった。

これから先《さき》も、ずっとずっと、メグとさゆと、友《とも》だちでいられたらいいな。

あたしも、今日《きょう》はたくさん悠斗《ゆうと》くんに「おめでとう」を言《い》おう。

パパは今日《きょう》、午後《ごご》から休《やす》みを取《と》って、たくさんごちそうをつくるって、はりきっていた。

家《いえ》に着《つ》いてドアをあけると、すぐに、お肉《にく》の焼《や》けるいいにおいが鼻先《はなさき》に漂《ただよ》ってきた。

キッチンでは、エプロン姿《すがた》のパパが、焼《や》きあがったばかりのミートローフをオーブンから取《と》りだしているところだった。

テーブルには、ほかにも、サラダやフライドポテトや、巻《ま》きずしまでならんでいる。

「千歌《ちか》。おせーな。どこにより道《みち》してたんだよ」

渚《なぎさ》くんはパパのとなりでおてつだい……じゃなくて、つまみ食《ぐ》いしてるみたい。だって、口《くち》の端《はし》にごはんつぶがついているもん。

「さっさと帰《かえ》ってこいって言《い》われてたろ？　おれも今日《きょう》、洋平《ようへい》たちとサッカーの練習《れんしゅう》する予定《よてい》だったのに、キャンセルしたんだからな」

「ごめんね。ちょっとね」

申《もう》し訳《わけ》ないけど、さゆのほうを優先《ゆうせん》しちゃいました。

「千歌《ちか》。手《て》を洗《あら》ったら、渚《なぎさ》といっしょに、ケーキのデコレーションをしてくれないか？」

パパが言《い》った。こんどは、なにか揚《あ》げている。いったいどれだけつくる気《き》なんだろう？

スポンジケーキはもうテーブルにおいてある。

渚《なぎさ》くんがハンドミキサーで生《なま》クリームを泡立《あわだ》てている間《あいだ》に、あたしはフルーツをカットした。

いちご、キウイ、缶詰《かんづめ》の桃《もも》に、みかんも。

半分《はんぶん》にスライスしたスポンジに、クリームをぬって、フルーツをならべていく。

その上《うえ》にもう片方《かたほう》のスポンジを重《かさ》ねる。うまくサンドできた！

「じゃあ、おれがまわりにクリームをだーっとぬるから」

言《い》うやいなや、渚《なぎさ》くんは、ケーキにクリームをぼてっと落《お》とした。

ゴムべらで、ささーっと撫《な》でつけて表面《ひょうめん》をなめらかにする。むずかしい側面《そくめん》も。さささーっ、と、ぬっていく。

「い、意外《いがい》に上手《じょうず》なんだけど……」

思《おも》わずつぶやくと、渚《なぎさ》くんは得意《とくい》げににんまり笑《わら》った。

「こういうのはいきおいと思《おも》いきりが大事《だいじ》なんだよ」

あたしは、残《のこ》ったクリームを絞《しぼ》りだし袋《ぶくろ》に入《い》れた。クリームを、くるくるっとかわいらしく絞《しぼ》りだしてかざりつけていく……イメージだったのに、うまくできない！

「へにゃへにゃになっちゃうよ。むずかしい！」

「貸《か》せって」

渚《なぎさ》くんがあたしから絞《しぼ》りだし袋《ぶくろ》をうばった。

「うおっ！　これ、マジでむずいな！」

力《ちから》を入《い》れすぎたせいで、クリームがぶちゅっと飛《と》びだしてしまった。

「もーっ！　やっぱりあたしがやる！」

いっしょうけんめい、クリームと格闘《かくとう》していたら。

「千歌《ちか》。おまえ、クリームついてるぞ」

「えっ？　どこに？」

顔《かお》をあげる。渚《なぎさ》くんがあたしのほおに人差《ひとさ》し指《ゆび》をのばした。

なに？　ぱちりとまばたきした瞬間《しゅんかん》に、指先《ゆびさき》がほおにふれた。

どきんっ！

すっと、渚《なぎさ》くんがクリームをぬぐう。

あたしのほおについたクリームを、な、渚《なぎさ》くんが……。

どきどきが加速《かそく》する。

そ、そのクリーム、どうするの？　まさか、食《た》べ……。

……たりはせず、渚《なぎさ》くんは、ふつうに、キッチンペーパーでぬぐった。

あああ……。心臓《しんぞう》止《と》まるかと思《おも》った……！

不意打《ふいう》ちみたいに、こんなふうに、どきどきさせてくるから。

渚《なぎさ》くんを好《す》きな気持《きも》ち、どうしても、止《と》められない。

あたしは渚《なぎさ》くんを好《す》きで、渚《なぎさ》くんはさゆを好《す》きで、さゆは悠斗《ゆうと》くんが好《す》き。

ぐるぐる追《お》いかけっこしても、決《けっ》してつかまえられない。一方通行《いっぽうつうこう》の片思《かたおも》い。

「千歌《ちか》」

呼《よ》ばれて、はっとわれにかえった。

「おまえ、すぐにボーッとするよな。フルーツ盛《も》り終《お》わるぞ」

見《み》ると、ケーキが、色《いろ》とりどりのフルーツでおいしそうにかざりつけられている！

「あとはろうそくだな。13本《ぼん》か。多《おお》いな」

渚《なぎさ》くんは真剣《しんけん》な目《め》で、1本《ぽん》ずつ、カラフルなろうそくを刺《さ》していく。

「渚《なぎさ》くん、いっしょうけんめいだね。悠斗《ゆうと》くんのために」

思《おも》わずそう言《い》うと、渚《なぎさ》くんは真《ま》っ赤《か》になった。

「ばっ……！　べつに兄《にい》ちゃんのためじゃねーし！　おれはなにごとにも真剣《しんけん》なんだよっ」

そんなにむきにならなくてもいいのに。

「それと。……カード。いちおう、書《か》いたから。ひとことだけど、それでいいだろ？」

渚《なぎさ》くんはあたしの顔《かお》は見《み》ずに、ぶっきらぼうに言《い》った。

素直《すなお》になればいいのになあ。

さいごの仕上《しあ》げに、銀色《ぎんいろ》のアラザンを散《ち》らす。きらきらして、きれい。

「よし。完成《かんせい》！」

バースデーケーキができたよ！

そうこうしているうちに、みちるさんが仕事《しごと》を終《お》えて帰《かえ》ってきた。

もうすぐ悠斗《ゆうと》くんも塾《じゅく》から帰《かえ》ってくる。テーブルセッティングはパパとみちるさんにまかせて、あたしと渚《なぎさ》くんはプレゼントの準備《じゅんび》。

「ぜっったいに、見《み》んなよ」

渚《なぎさ》くんがあたしにカードをわたした。

「はいはい」

包《つつ》みをほどいて、カードを入《い》れて、もう一度《いちど》ラッピングし直《なお》した。

あたしはカードに、「お誕生日《たんじょうび》おめでとう」のほかに、「ありがとう」も書《か》いたよ。

いつもやさしく見守《みまも》ってくれる。あたしが元気《げんき》がないときには、話《はなし》を聞《き》いてくれる。渚《なぎさ》くんとケンカしちゃったときには、仲直《なかなお》りできるように、いっぱい力《ちから》になってくれた。

やさしいお兄《にい》ちゃん。

悠斗《ゆうと》くんのこと、本当《ほんとう》のお兄《にい》ちゃんって思《おも》っても、……いいよね？


ごちそうのならんだテーブルに、みんなでスタンバイ。それぞれ、クラッカーを手《て》にして。

玄関《げんかん》のドアが開《ひら》く音《おと》。「ただいま」と、悠斗《ゆうと》くんの声《こえ》。

「きた！」と、みちるさん。

近《ちか》づく足音《あしおと》。悠斗《ゆうと》くんがダイニングにあらわれた瞬間《しゅんかん》に。

4人《にん》いっせいに、パーンと、クラッカーを鳴《な》らす！

「誕生日《たんじょうび》おめでとう！」

悠斗《ゆうと》くんは、ぽかんと口《くち》をあけた。

「おめでとう、悠斗《ゆうと》くん！」

パパがにっこり笑《わら》う。

「すごい。料理《りょうり》、こんなにたくさん……。ケーキまで」

悠斗《ゆうと》くん、すごくおどろいている。

「パパがつくったのよ！　渚《なぎさ》と千歌《ちか》ちゃんもてつだってくれたし」

「本当《ほんとう》に……？　ありがとうございます」

悠斗《ゆうと》くんは深々《ふかぶか》と頭《あたま》をさげた。

「悠斗《ゆうと》くん、いいんだよ。ぼくがつくりたくてつくったんだから。さ、はやく座《すわ》って、食《た》べて」

「はい。でも、その前《まえ》に着《き》がえてきます」

悠斗《ゆうと》くんは自分《じぶん》の制服《せいふく》の衿《えり》をちょんとつまんだ。

「あっ。そうだな」

パパがはっと笑《わら》った。

悠斗《ゆうと》くんがもどってきてから、みんなでわいわい、ごちそうを食《た》べる。パパとみちるさんはワインを飲《の》んでごきげん。

主役《しゅやく》の悠斗《ゆうと》くんは、ちょっとだけ、くすぐったそう。

「このミートローフ、おいしいですね。ソースも」

「そうか！」

悠斗《ゆうと》くんにほめられて、とたんにパパは目《め》をかがやかせた。

「今度《こんど》、つくりかたを教《おし》えてください」

「もちろん！　というか、悠斗《ゆうと》くん」

パパは、こほんとせきばらいした。

「その。そろそろ、敬語《けいご》じゃなくて、ふつうに話《はな》してくれないかな、と……」

パパってば、もごもごと歯《は》ぎれが悪《わる》い。ずっと気《き》にしてたんだね。

「は、はあ……」

悠斗《ゆうと》くんもきまり悪《わる》そう。

「ど、努力《どりょく》します、……するよ」

あわてて語尾《ごび》を言《い》いかえたけど、しっくりこないっていうか、ぎこちない。

「まあまあ。そろそろ、ケーキで恒例《こうれい》のアレをしよっか！　ろうそくに火《ひ》をつけるから、渚《なぎさ》、電《でん》気消《きけ》して！」

みょうな雰囲気《ふんいき》になってしまったのを、みちるさんが明《あか》るい声《こえ》で吹《ふ》き飛《と》ばした。

恒例《こうれい》のアレ。

ハッピーバースデーの歌《うた》を歌《うた》いながら、主役《しゅやく》がふーっとろうそくの火《ひ》を消《け》す、アレ。

真《ま》っ暗《くら》になった部屋《へや》で、13本《ぼん》のろうそくの炎《ほのお》がゆらゆらゆれている。

「ハッピバースデー、トゥー、ユー！」

パパとみちるさんだけが、ノリノリで歌《うた》いはじめた。悠斗《ゆうと》くんはものすごくはずかしそう。

あたしも渚《なぎさ》くんも、そんな悠斗《ゆうと》くんの気持《きも》ちがちょっとわかるから、小声《こごえ》でぼそぼそ口《くち》ずさみながらひかえめに手《て》をたたくだけ。

それでも悠斗《ゆうと》くんは、思《おも》いっきりろうそくの火《ひ》を吹《ふ》き消《け》した。

渚《なぎさ》くんが、ふたたびあかりをつける。

「みんな……。本当《ほんとう》に、ありがとう。僕《ぼく》は幸《しあわ》せものだね」

悠斗《ゆうと》くんが、かみしめるように、そう言《い》った。

悠斗《ゆうと》くん……。

あたしは、となりに座《すわ》っている渚《なぎさ》くんと、目《め》を合《あ》わせた。こくんとうなずく渚《なぎさ》くん。

「悠斗《ゆうと》くんへ、あたしと渚《なぎさ》くんからプレゼントだよ」

椅子《いす》の下《した》にかくしていたプレゼントの包《つつ》みを、悠斗《ゆうと》くんへ差《さ》しだした。

「千歌《ちか》ちゃん。渚《なぎさ》」

「早《はや》くあけてみて」

悠斗《ゆうと》くんはうなずくと、ラッピングをていねいにほどいた。

「わあ……。ふたりで選《えら》んでくれたんだね？　ありがとう」

さっそく、悠斗《ゆうと》くんはマフラーを巻《ま》いてくれた。

やっぱりにあう。すごくかっこいい。写真《しゃしん》をとってさゆにあげたいぐらい。

「さっそく、明日《あした》巻《ま》いていくよ」

にっこり笑《わら》うと、悠斗《ゆうと》くんは、マフラーをきれいにたたんだ。

「あっ、カードもある」

「それは、あとで、自分《じぶん》ひとりでこっそり読《よ》んでね！」

あたしはあわててそう言《い》った。だって、目《め》の前《まえ》で読《よ》まれたら、渚《なぎさ》くんがはずかしがるもんね。

「悠斗《ゆうと》くん。いつもありがとう。あたし、きょうだいがいなかったから、悠斗《ゆうと》くんみたいなお兄《にい》ちゃんができて幸《しあわ》せだよ。これからもよろしくおねがいします」

あたしは、ぺこんと頭《あたま》をさげた。

「千歌《ちか》ちゃん、ありがとう。僕《ぼく》のほうこそ、よろしくね」

やわらかい、やさしい笑顔《えがお》。なんでもできて、完璧《かんぺき》な人《ひと》だけど……。

王子様《おうじさま》なんかじゃない。さびしい気持《きも》ちをだれにも見《み》せないように、がんばっている人《ひと》なんだよって、さゆは言《い》ってた。

妹《いもうと》のあたしにも、パパにも。つらいときには、ちゃんとつらいって言《い》ってほしいな、なんて。

そのためには、あたしが、もっとしっかりしないといけないね。

17・流《なが》れ星《ぼし》、きらり

笑顔《えがお》でいっぱいの、バースデーパーティ。

ごちそうもケーキも食《た》べつくして、後片付《あとかたづ》けも終《お》わった。

ダイニングにもリビングにも、熱気《ねっき》がこもっている。みちるさんは暖房《だんぼう》をいったん切《き》って、空《くう》気《き》を入《い》れかえるために、はきだし窓《まど》をあけた。

ひんやりとした風《かぜ》が吹《ふ》きこんで、ほてったほおに当《あ》たって気《き》持《も》ちいい。

渚《なぎさ》くんはそのままテラスにでた。

「寒《さむ》くないの？」

「そこまで寒《さむ》くねーよ。千歌《ちか》もこいよ。今日《きょう》、星《ほし》がけっこうでてる」

とはいえ、いちおう、あたしは厚手《あつで》のニットカーデをはおった。リビングにあった渚《なぎさ》くんのダウンジャケットを持《も》ってテラスへ。

渚《なぎさ》くんのとなりにならぶ。

「さ、寒《さむ》いじゃんっ！」

「そうかー？　おれはそこまで。千歌《ちか》も運動《うんどう》して体《からだ》きたえたほうがいいぞ」

「きたえたら寒《さむ》がりじゃなくなるの？」

「それは知《し》らねーけど」

ジャケットを手《て》わたすと、「さんきゅ」と渚《なぎさ》くんは笑《わら》った。

渚《なぎさ》くんのはく息《いき》が白《しろ》い。

見《み》あげた空《そら》。シルエットになった家《いえ》なみの、もっともっと上《うえ》に、いくつもの星《ほし》。

今夜《こんや》は、とっても空気《くうき》が澄《す》んでいるんだ。街中《まちなか》なのに、こんなに星《ほし》がかがやいて見《み》えるなんて。

それとも……。好《す》きな人《ひと》が、となりにいるからかな？

メグとケンカして、部屋《へや》でひとりで泣《な》いていたとき。あのときもあたしは、窓《まど》から星《ほし》を見《み》ていた。

そしたら、渚《なぎさ》くんがきてくれて……。

思《おも》いだしたら、胸《むね》がいっぱいになって。あたし、あのとき、すごくうれしかったのに。

なのに、なぜか、苦《くる》しくなるよ。

「渚《なぎさ》くん。その……」

「ん？」

渚《なぎさ》くんは夜空《よぞら》を見《み》あげたまま。あたしは、その横顔《よこがお》をみつめた。

「ありがとう。ずいぶん、つたえるのが遅《おそ》くなっちゃったけど……」

「なにが？」

「メグと仲直《なかなお》りできたこと。ちゃんと、自分《じぶん》の気持《きも》ちを話《はな》せたんだ。渚《なぎさ》くんが背中《せなか》を押《お》してくれたおかげ」

「なんだよ、きゅうにあらたまって」

渚《なぎさ》くんはあたしの目《め》をちらっと見《み》て、そして、ふたたび、空《そら》に視線《しせん》をもどした。

「いちいち礼《れい》とか言《い》わなくてもいーよ。たいしたこと言《い》ってねーし。それに、その、おれだって兄《あに》なわけだし」

「……うん」

兄《あに》、か。

悠斗《ゆうと》くんのことは、素直《すなお》に、お兄《にい》ちゃんって思《おも》えるのに。

渚《なぎさ》くんはちがう。お兄《にい》ちゃんなんかじゃない。あたし、妹《いもうと》にはなりたくない。

もっと、もっと、とくべつな女《おんな》の子《こ》になりたい。あたしだけを見《み》てほしい。

どうして、こんなによくばりになってしまうの？

渚《なぎさ》くんには好《す》きな女《おんな》の子《こ》がいるのに。

「……さゆも」

どきんとした。渚《なぎさ》くんが、いきなり、さゆの名前《なまえ》を呼《よ》んだから。

「さゆも。千歌《ちか》と相原《あいはら》と仲《なか》よくなれて、毎日《まいにち》楽《たの》しそうでよかった。ありがとな」

「べつに渚《なぎさ》くんに言《い》われたから友《とも》だちになったわけじゃないよ。あたしが、仲《なか》よくなりたいって思《おも》ったからだもん」

ありがとうなんて言《い》わないでよ。

胸《むね》が、ずきずきと痛《いた》む。渚《なぎさ》くんのことも、さゆのことも、好《す》きだから苦《くる》しい。

恋《こい》って……。痛《いた》くて、苦《くる》しい。

「こんどは、さゆをうちに呼《よ》んでやろうか」

「う、うん」

「兄《にい》ちゃんに会《あ》いたいだろうし。ほんっと、世話《せわ》が焼《や》ける」

「う、うん。……って、えっ？」

兄《にい》ちゃんに会《あ》いたい？　それって、さゆが悠斗《ゆうと》くんに会《あ》いたい、って意味《いみ》で言《い》ってるんだよね？

「あれ？　千歌《ちか》も知《し》ってんだろ？　さゆが自分《じぶん》から話《はな》したって言《い》ってたけど」

「話《はな》したって……。さゆが、悠斗《ゆうと》くんのことをずっと思《おも》ってるってこと、を？」

渚《なぎさ》くんはうなずいた。

「小《ちい》さいときからずっとなんだよ、さゆ。川原《かわら》で偶然《ぐうぜん》会《あ》って話《はな》したとき。冗談《じょうだん》で、まだ兄《にい》ちゃんの嫁《よめ》さんになりたいとか言《い》ってんの？　って聞《き》いたら、あいつ、神妙《しんみょう》なカオしてうなずいてさ。4年《ねん》も経《た》ってんのにマジかよって」

そう話《はな》しながらくすくす笑《わら》う。

「会《あ》いたいけど会《あ》うのがこわいとか、覚《おぼ》えてなかったらどうしようとか言《い》うし。ぐずぐず悩《なや》んでないで会《あ》えよと思《おも》って、カフェに兄《にい》ちゃんを連《つ》れてってやったんだよ」

そうだったんだ……。

渚《なぎさ》くんは、最初《さいしょ》から、さゆの気持《きも》ちを知《し》ってたんだね。

「渚《なぎさ》くん……。つらくない？」

好《す》きな女《おんな》の子《こ》の恋《こい》を応援《おうえん》するだなんて。しかも相手《あいて》は、自分《じぶん》のお兄《にい》ちゃん。

「つらいって、なにが？」

「え？　だって。渚《なぎさ》くんは、さゆを。その。好《す》き、なんだよね……？」

自分《じぶん》で口《くち》にするのもきついよ。ちくちくと、するどいとげで突《つ》き刺《さ》されてるみたい。

「は？」

渚《なぎさ》くんは気《き》のぬけた声《こえ》をだして、あたしを見《み》た。心底《しんそこ》、ふしぎそうな顔《かお》をしている。

「えっ？　ちがうの？」

「ちがうし！　なんだよ、なんでそんなカンちがいするわけ？」

「だ、だって。すごく仲《なか》いいし、いつもさゆのこと気《き》にかけてるし、それに、さゆ、すっごくかわいいし。あたしが男《おとこ》の子《こ》で、あんな子《こ》が幼《おさな》なじみだったら、ぜったい好《す》きになってる」

はあーっ、と、渚《なぎさ》くんはため息《いき》をついた。

「やめろよ。ちょっと仲《なか》がいいからって、すぐ、そういうふうに思《おも》いこむの。ほんっと、めんどくせえ」

「ご、ごめんなさい……」

あたしは肩《かた》をすぼめた。

「なんだよ。そんな顔《かお》すんなよ。べつに怒《おこ》ってねーから」

「うん」

渚《なぎさ》くんはさゆのことを好《す》きなわけじゃなかった。

ぜんぶ、あたしの思《おも》いこみだったんだ。

「よかった……」

「え？」

渚《なぎさ》くんが、きょとんとして、目《め》をぱちくりさせた。

「なにが『よかった』わけ？」

しまった！　あたしは、あわてて自分《じぶん》の口《くち》を両手《りょうて》でおおった。

心《こころ》の声《こえ》を、口《くち》にだしてしまっていたみたい……！

「なにも言《い》ってないよ！　そ、空耳《そらみみ》じゃない？」

「いや、でも、さっき」

「さ、さむっ！　もうなかに入《はい》ろう！」

おおげさに、身《み》ぶるいしてみせた。わ、わざとらしい？

渚《なぎさ》くんは、そんなあたしを、いぶかしげに見《み》ている。

顔《かお》が熱《あつ》いよ。空気《くうき》は冷《ひ》えているのに、ほんとはちっとも寒《さむ》くない。

あたしの気持《きも》ち、渚《なぎさ》くんにばれていませんように。

「あっ。千歌《ちか》」

きゅうに、渚《なぎさ》くんが、あたしの腕《うで》をひいた。

「な、なに……？」

どきどきが止《と》まらない。

渚《なぎさ》くんは、空《そら》を指差《ゆびさ》した。

「さっき。星《ほし》が流《なが》れた」

「えっ！　どこどこっ？」

「あのへん」

流《なが》れ星《ぼし》だなんて！

むかし、パパと高原《こうげん》にキャンプにいったときに見《み》たことがある。だけど、こんな街中《まちなか》でも見《み》れるの？　奇跡《きせき》みたいだよ。

ぜったいに、見《み》たい。渚《なぎさ》くんのとなりで、見《み》たい。

お願《ねが》いをするんだ。ずっとずっと、渚《なぎさ》くんのそばにいられますように、って。

思《おも》いっきり目《め》をこらして、夜空《よぞら》をみつめつづける。だけど、星《ほし》は流《なが》れない。

ずっと上《うえ》を見《み》てるから、首《くび》が痛《いた》くなってきたよ。

「そんなとこでなにしてるのー？　風邪《かぜ》ひくよー！」

みちるさんが呼《よ》んでいる。

「明日《あした》も学校《がっこう》なんだし、はやくお風呂《ふろ》に入《はい》って寝《ね》なさい！」

……あーあ。タイム・リミット。

さいごに、もう一度《いちど》だけ、空《そら》を見《み》あげたら。

「あっ」

きらりと、なにかが光《ひか》って。すうっと、流《なが》れて消《き》えていった。

ぱちりと、まばたきをする。

「さっきの……。見《み》まちがい？」

流《なが》れ星《ぼし》だったよね？

「おれも見《み》た」

渚《なぎさ》くんがにっかり笑《わら》った。

いっしょに見《み》れたんだ！

一瞬《いっしゅん》のことだった。願《ねが》いごとをするひまなんてなかった。

だけど、うれしい。

まるで、神《かみ》さまが贈《おく》り物《もの》をしてくれたみたい。奇跡《きせき》をくれたみたい。

あたしの願《ねが》いごとも、いつか叶《かな》うかもしれない。

……なんてね。


あたしはその夜《よる》、夢《ゆめ》を見《み》た。

満天《まんてん》の星《ほし》の下《した》、渚《なぎさ》くんと手《て》をつないでいるの。

なんて幸《しあわ》せな夢《ゆめ》。覚《さ》めなきゃいいのに……。

「千歌《ちか》。おいっ、千歌《ちか》っ！」

「お願《ねが》い。覚《さ》めないで……」

「いや、ダメだ。いいかげん覚《さ》ませ。目《め》を覚《さ》ませ！」

ぱちんと目《め》をあける。

「早《はや》く起《お》きろ、ねぼすけ！」

がばっと身《み》を起《お》こす。あきれ顔《がお》の渚《なぎさ》くんが、腕組《うでぐ》みして、ため息《いき》をついている。

「何度目《なんどめ》の寝坊《ねぼう》だよ、おまえ」

「お……おはよう……」

また、起《お》こされてしまった。ホントに何度目《なんどめ》なの？　あたし。

「わかってると思《おも》うけど、ダッシュでメシ食《く》ってダッシュで用意《ようい》してダッシュで学校《がっこう》こいよ？」

そう言《い》って、渚《なぎさ》くんは部屋《へや》をあとにした。

あたしってば、なんてダメダメなの？

はあぁーっ、と、自己嫌悪《じこけんお》。

……しているヒマはない！

大急《おおいそ》ぎでごはんを食《た》べてもろもろ準備《じゅんび》して、全力疾走《ぜんりょくしっそう》！

学校《がっこう》、遠《とお》いよ～！　もう、じゅうぶん、体《からだ》をきたえられている気《き》がするよ。

息《いき》をきらして駆《か》けこんだ教室《きょうしつ》では、メグとさゆが待《ま》っていた。

「おはようっ！」

ぴかぴかの笑顔《えがお》でむかえてくれる。

あたしの、たいせつな友《とも》だち。……親友《しんゆう》！

「おはよう！」

あたしも、とびっきりの笑顔《えがお》をかえしたよ！

ロッカーにランドセルをしまっていたら、うしろから、ちょんっと、上着《うわぎ》のすそを引《ひ》っ張《ぱ》られた。

なに？　と、ふりかえると。

「…………っ！」

渚《なぎさ》くん！

心臓《しんぞう》がはねあがる。

とくとく、とくとく、鼓動《こどう》がはやくなる。

渚《なぎさ》くんは、にっと、いたずらっぽく笑《わら》うと、なにも言《い》わずに、男子《だんし》たちの輪《わ》のほうへむかっていった。

学校《がっこう》でまで、こんな不意打《ふいう》ち、ずるい！

一瞬《いっしゅん》のことだったから、だれも見《み》てないよね？

胸《むね》に手《て》をあてて、ふーっと、深呼吸《しんこきゅう》。

だけど、胸《むね》のときめきはおさまらない。

恋《こい》する気持《きも》ちは、止《と》まらない。

大好《だいす》きな男《おとこ》の子《こ》は、クラスメイトで、義理《ぎり》のきょうだい。

どきどきの毎日《まいにち》は、これからもつづいていく。

第《だい》4巻《かん》へつづく

あとがき

こんにちは！　夜野《よるの》せせりです。

今回《こんかい》は、転校生《てんこうせい》の美少女《びしょうじょ》・さゆが登場《とうじょう》しました。しかも、渚《なぎさ》くんとみょうに仲《なか》がいい。千歌《ちか》ちゃんもハラハラでした。

「渚《なぎさ》くんをお兄《にい》ちゃんとは呼《よ》ばない」シリーズも、3巻目《かんめ》です。

お話《はなし》にも出《で》てきますが、さゆの「好《す》きなこと」は、手芸《しゅげい》です。

じつは、作者《さくしゃ》の私《わたし》も手芸《しゅげい》が得意《とくい》です（刺繍《ししゅう》はやりませんが）。

ミシンで洋服《ようふく》やバッグをダーッと縫《ぬ》ったり、マフラーやセーターをこつこつ編《あ》むのが好《す》きです。

洋服屋《ようふくや》さんに行《い》ったら、「この服《ふく》はどうやって作《つく》っているんだろう」と、じっくり見《み》てしまいます。店員《てんいん》さんに、あやしい客《きゃく》だと思《おも》われていないか不安《ふあん》です。

もちろん、手芸屋《しゅげいや》さんも大好《だいす》き。

すでにたくさん布《ぬの》や材料《ざいりょう》を持《も》っているのに、ついつい足《あし》を運《はこ》んでしまうという。

いろんな布《ぬの》や毛糸《けいと》を見《み》ながら、「なにを作《つく》ろうかな〜」と妄想《もうそう》するのが最高《さいこう》に楽《たの》しいんです！

というか、妄想《もうそう》しているときが一番楽《いちばんたの》しいかも……？

手芸《しゅげい》だけではなく、工作《こうさく》も好《す》きです。なにかを作《つく》るのが好《す》きなんですね。

中学生《ちゅうがくせい》の頃《ころ》、「消《け》しゴムスタンプづくり」にはまり、友達《ともだち》を巻《ま》き込《こ》んで、スタンプを押《お》した「しおり」を大量生産《たいりょうせいさん》していました。

その時作《ときつく》った「しおり」はもうありませんが、友達《ともだち》とわいわい言《い》いながら作《つく》った思《おも》い出《で》はずっと残《のこ》っています。

3巻《かん》を書《か》きながら、その時《とき》のことを、少《すこ》し思《おも》い出《だ》したのでした。

みなさんにも、好《す》きなことや、はまっている趣味《しゅみ》があったら、ぜひ教《おし》えてね！

では、また。つぎのお話《はなし》でお会《あ》いしましょう！

夜野《よるの》せせり

★夜野先生《よるのせんせい》へのお手紙《てがみ》はこちらに送《おく》ってください。
〒101─8050　東京都千代田区一ッ橋《とうきょうとちよだくひとつばし》2─5─10
集英社《しゅうえいしゃ》みらい文庫編集部《ぶんこへんしゅうぶ》　夜野《よるの》せせり先生《せんせい》

恋する女の子はかわいいですね！
渚くん、早く千歌ちゃんの
キモチに気付いて――！(笑)
次巻もたのしみにしてます^^
ありがとうございました♡
森乃なっぱ

集英社みらい文庫

渚《なぎさ》くんを
お兄《にい》ちゃんとは呼《よ》ばない
～やきもちと言《い》えなくて～

夜野《よるの》せせり 作

森乃《もりの》なっぱ 絵

ファンレターのあて先
〒101-8050 東京都千代田区一ツ橋2-5-10 集英社みらい文庫編集部
いただいたお便りは編集部から先生におわたしいたします。

2018年7月25日 第1刷発行
2018年9月 9日 第2刷発行

発 行 者 北畠輝幸
発 行 所 株式会社 集英社
〒101-8050 東京都千代田区一ツ橋2-5-10
電話 編集部 03-3230-6246
読者係 03-3230-6080
販売部 03-3230-6393(書店専用)
http://miraibunko.jp
装 丁 AFTERGLOW
中島由佳理
印 刷 図書印刷株式会社 凸版印刷株式会社
製 本 図書印刷株式会社

ISBN978-4-08-321452-3 C8293 N.D.C.913 190P 18cm

「みらい文庫《ぶんこ》」読者《どくしゃ》のみなさんへ

言葉《ことば》を学《まな》ぶ、感性《かんせい》を磨《みが》く、創造力《そうぞうりょく》を育《はぐく》む……、読書《どくしょ》は「人間力《にんげんりょく》」を高《たか》めるために欠《か》かせません。たった一枚《いちまい》のページをめくる向《む》こう側《がわ》に、未知《みち》の世界《せかい》、ドキドキのみらいが無限《むげん》に広《ひろ》がっている。これこそが「本《ほん》」だけが持《も》っているパワーです。

学校《がっこう》の朝《あさ》の読書《どくしょ》に、休《やす》み時間《じかん》に、放課後《ほうかご》に……。いつでも、どこでも、すぐに続《つづ》きを読《よ》みたくなるような、魅力《みりょく》に溢《あふ》れる本《ほん》をたくさん揃《そろ》えていきたい。読書《どくしょ》がくれる、心《こころ》がきらきらしたり胸《むね》がきゅんとする瞬間《しゅんかん》を体験《たいけん》してほしい、楽《たの》しんでほしい。みらいの日本《にほん》、そして世界《せかい》を担《にな》うみなさんが、やがて大人《おとな》になった時《とき》、「読書《どくしょ》の魅力《みりょく》を初《はじ》めて知《し》った本《ほん》」「自分《じぶん》のおこづかいで初《はじ》めて買《か》った一冊《いっさつ》」と思《おも》い出《だ》してくれるような作品《さくひん》を一所懸命《いっしょけんめい》、大切《たいせつ》に創《つく》っていきたい。

そんないっぱいの想《おも》いを込《こ》めながら、作家《さっか》の先生方《せんせいがた》と一緒《いっしょ》に、私《わたし》たちは素敵《すてき》な本作《ほんづく》りを続《つづ》けていきます。「みらい文庫《ぶんこ》」は、無限《むげん》の宇宙《うちゅう》に浮《う》かぶ星《ほし》のように、夢《ゆめ》をたたえ輝《かがや》きながら、次々《つぎつぎ》と新《あたら》しく生《う》まれ続《つづ》けます。

本《ほん》を持《も》つ、その手《て》の中《なか》に、ドキドキするみらい――。

本《ほん》の宇宙《うちゅう》から、自分《じぶん》だけの健《すこ》やかな空想力《くうそうりょく》を育《そだ》て、〝みらいの星《ほし》〟をたくさん見《み》つけてください。

そして、大切《たいせつ》なこと、大切《たいせつ》な人《ひと》をきちんと守《まも》る、強《つよ》くて、やさしい大人《おとな》になってくれることを心《こころ》から願《ねが》っています。

2011年《ねん》　春《はる》

集英社《しゅうえいしゃ》みらい文庫《ぶんこ》編集部《へんしゅうぶ》